李清照诗词

〔宋〕李清照◎著

陈立红◎解译

全鉴

中国纺织出版社

内 容 提 要

南宋女词人李清照，号易安居士，是婉约派杰出的代表。她工诗能文，其词独具一家风貌，被后人称为"易安体"。李清照擅长从日常口语里提炼生动晓畅的词句，清新隽永，构成浑然一体的境界。本书通过原典、注释、译文、评解，对其诗词作品进行了精心的解读，便于广大读者轻松阅读。

图书在版编目（CIP）数据

李清照诗词全鉴 / （宋）李清照著；陈立红解译 . --北京：中国纺织出版社，2019.4 （2020.11重印）
ISBN 978－7－5180－5379－7

Ⅰ . ①李… Ⅱ . ①李… ②陈… Ⅲ . ①李清照（1084-约1151）—宋词—诗歌欣赏 Ⅳ . ①I207.23

中国版本图书馆CIP数据核字（2018）第206632号

策划编辑：于磊岚 特约编辑：周馨蕾
责任校对：寇晨晨 责任印制：储志伟

中国纺织出版社出版发行
地址：北京市朝阳区百子湾东里 A407 号楼 邮政编码：100124
销售电话：010—67004422 传真：010—87155801
http : //www.c-textilep.com
E-mail：faxing@c-textilep.com
中国纺织出版社天猫旗舰店
官方微博 http://weibo.com/2119887771
天津千鹤文化传播有限公司印刷 各地新华书店经销
2019 年 4 月第 1 版 2020 年 11 月第 2 次印刷
开本：710×1000 1/16 印张：20
字数：175 千字 定价：48.00 元

词，始于隋，形成于唐，盛行于宋代。词是比诗的结构更为自由的韵体，大多反映相思爱情，后来逐步拓展到抒发壮志豪情。有《一剪梅》《菩萨蛮》《渔歌子》《忆江南》《忆秦娥》《浣溪沙》等百余种词牌名称，被视为"诗余小令"。盛唐时期，曲赋和词赋基本都是整齐的五言、七言形式，个别为长短句。到中唐，才出现一批潜心研究韵声填词的词人，代表人物主要有白居易、刘禹锡，其后又出现了温庭筠以及五代"花间派"词人。而南唐李后主被俘之后常以写词消遣，词才开始迈向一个新的艺术境界。

到了宋朝，词的发展到达鼎盛时期，成为一种完全独立并能与诗相抗衡的文学体裁。先后出现了以苏轼、辛弃疾为代表的豪放派词人和以柳永、李清照为代表的婉约派词人。由于战乱，南渡后的文人各自在自己的创作道路上笔耕不辍，掀起了宋词之风，其中以李清照和辛弃疾的成就最高，堪称"笔祖"。后人曾评说："婉约以易安为宗，豪放唯幼安称首。"自此，李清照千古才女的美名，便逐渐传播开来。

读李清照的词，真是别有一番滋味。这或许跟她传奇坎坷的经历密不可分，又或许她本身就是一位杰出得无人媲美的"千古第一才女"。无论沧海桑田如何变迁，都无法掩埋她光芒万丈的才情。

李清照（1084—1155），号易安居士，齐州（今山东济南章丘）人。她出身书香门第，父亲李格非博览群书，曾在朝中为官。在这种环境下成长起来的李清照，不但知书达理，而且文采过人。一桩门当户对的婚姻，更使她文采飞扬，才情流溢。夫君赵明诚出门，她作词《醉花阴》："薄雾浓云愁永昼……莫道不消魂，帘卷西风，人比黄花瘦。"让人被她的才情倾倒，被她的柔情感动。而夫君每每都要绞尽脑汁和上一首，不过也都乐在其中，可以说，婚后二人志同道合，堪称琴瑟和鸣，无比恩爱。然而，命运多舛，接下来的日子里，金兵入侵、丈夫不幸病逝。颠沛流离的生活中，她还要全力保护丈夫遗留下来的书画文物。后被张汝州骗财骗婚，并因为告发二婚丈夫而锒铛入狱。这一切，对于封建社会里的一个弱女子来说，该是多么令人疼惜的遭遇啊！好在她并没有因此而倒下，就连逃难寄住期间，生性爱好博戏的她，还写下了诸如《打马图序》《打马赋》等数篇文章。

上天宠爱过李清照，却又无情地抛弃了她。让她享受了爱情的缱绻惬意，又让她在痛苦的失去中挣扎，使她不得不学会坚强面对；让她在第二次不幸的婚姻中，忍受屈辱与暴打，使她学会了抗争与自保；让她经历国破家亡、流离失所，使她面对宋王朝的懦弱与昏聩，愤然以诗词发声，留下了浸透着爱国主义思想的千古名篇。

　　本书共收录李清照近百篇诗词作品，每篇作品分为原典、注释、译文、评解几大版块，并对一些生僻字进行了注音，方便读者轻松阅读。

　　　　　　　　　　　　　　　　　　　　　　解译者

　　　　　　　　　　　　　　　　　　　　　　2018 年 11 月

目录

第一部分 词

3

第一部分　词

如梦令①·常记溪亭日暮

【原典】

常记溪亭日暮②，沉醉不知归路。兴尽晚回舟③，误入藕花深处。争渡④，争渡，惊起一滩鸥鹭⑤。

【注释】

①如梦令：词牌名，又名"忆仙姿""宴桃源"。五代时后唐庄宗李存勖创作。《清真集》入"中吕调"。三十三字，五仄韵，一叠韵。

②常记：经常想起。溪亭：临水的亭阁。

③兴尽：尽了酒宴兴致。

④争：怎，怎么。

⑤鸥鹭：指水鸟。

【译文】

经常想起那次在溪边亭中游玩，直到暮色沉沉。兴尽之后乘舟返回，却不料走错路，迷失于荷塘深处。如何将船划出去呢？此时一心想着划船寻找出路，可一不小心，惊起了水边满滩水鸟。

【评解】

　　这首词是李清照的早期之作，表达了作者早期生活的情趣和心境。大多认为是作者结婚前后，居汴京时，回忆故乡往事而写成的一首忆昔词，是词人十六七岁至二十三四岁之间的作品。作者以寥寥数语，回味往日游玩情景，历历在目。开头起笔，"常记溪亭日暮，沉醉不知归路"。"常记"明确表示追述，地点"溪亭"，时间是"日暮"，"不知归路"也委婉传达出作者流连忘返的情致。这两句写了在溪亭游玩以及沉醉兴奋之情。接着写"兴尽"归家，又"误入"荷塘深处，景色顿显，令人流连。"误入"一句，行文流畅自然，毫无斧凿痕迹。末句，连用两个"争渡"，表达了作者急于从迷途中找寻出路的焦灼心情。

正是由于"争渡"，所以又"惊起一滩鸥鹭"，把停栖洲渚上的水鸟都吓飞了。极富动感，纯洁天真，言尽而意不尽。 全词信手拈来，行文流畅，不事雕琢，自然之美尽显，给人一种静雅的享受。

醉花阴·薄雾浓云愁永昼

【原典】

薄雾浓云愁永昼①，瑞脑消金兽②。佳节又重阳，玉枕纱厨③，半夜凉初透。

东篱把酒黄昏后，有暗香盈袖④。莫道不消魂⑤，帘卷西风⑥，人比黄花瘦。

【注释】

①永昼：漫长的白天。

②瑞脑：即龙脑，一种香料，俗称冰片。金兽：兽形铜香炉。

③纱厨：纱帐。

④暗香：菊花的幽香。

⑤消魂：极度忧愁、悲伤。

⑥帘卷西风："西风卷帘"的倒文。西风，指秋风。

【译文】

天空薄雾笼罩，浓云密布，心中的愁烦在漫长的白日里缭乱，龙脑香在金兽香炉中袅袅燃尽。又到了重阳佳节，洁白的玉枕，轻薄的纱帐，浸透了半夜的凉气。

在东篱边饮酒直饮到黄昏以后，淡淡的菊香飘满双袖。不要说清秋不会让人黯然伤神，西风卷起了珠帘，那帘内的人儿比黄花更加消瘦。

【评解】

这是一篇借景抒情之作。作者在自然景物的描写中，加入自己浓重的感情色彩，使客观环境和人物内心的情绪交织相融，抒发了重阳佳节思念丈夫的心情。

上片咏节令，描写了闺中少妇的重重心思和感受。"薄雾浓云愁永昼"，渲染了愁闷难捱的环境氛围。李清照婚后不久，就与相爱情深的丈夫赵明诚分离两地。这时她独守空房，自然会感到日长难捱，由此可窥见女词人的内心苦闷。"瑞脑消金兽"一

句，是写室内情景，词人独自看着香炉里龙脑香的袅袅青烟出神，写活了一种百无聊赖的情形。"佳节又重阳，玉枕纱厨，半夜凉初透。"又到了重阳佳节，天气骤凉，睡到半夜，凉意透入枕上，词人对比夫妇团聚时闺房的温馨，不免心生伤感。"半夜凉初透"这一句，一个"透"字使用得十分精妙，不只是时令转凉，而且别有一番凄凉滋味，把一个闺中少妇心事重重的愁态描摹了出来。

下片写重阳节这天赏菊饮酒的情景。"东篱把酒黄昏后，有暗香盈袖。"重阳是菊花开得正艳之时，词人一边饮酒，一边赏菊，染得满身花香。然而，面对如此美丽的菊花，却不禁触景伤情。菊花再美、再香，也无法送给远在异地的亲人。无奈之中，只得借酒浇愁。"莫道不消魂，帘卷西风，人比黄花瘦"是千古名句，用"黄花"来形容人的憔悴；以"瘦"暗示相思的深情，不仅用意新颖，而且以"东篱""暗香"为"黄花"预作照应，有水到渠成的妙处。

声声慢·寻寻觅觅

【原典】

寻寻觅觅，冷冷清清，凄凄惨惨戚戚。乍暖还寒时候①，最难将息②。三杯两盏淡酒，怎敌他、晚来风急。雁过也，正伤心，却是旧时相识。

满地黄花堆积。憔悴损，如今有谁堪摘。守着窗儿，独自怎生得黑③？梧桐更兼细雨，到黄昏、点点滴滴。这次第④，怎一个愁字了得！

【注释】

①乍暖还寒：天气忽冷忽热。

②将息：调养休息。

③怎生：怎样，怎么。生，语助词。

④次第：情形，光景。

【译文】

我苦苦地寻觅着，但过去的一切都在动乱中失去了，难以寻回；

眼前只有冷冷清清的环境，使心中充满悲戚。这秋日忽冷忽暖的天气，最令人难以休息。饮进愁肠的几杯薄酒，根本不能抵御清晨的冷风寒意。目望长空，但见一行行大雁飞过，更让我伤心，这大雁是以前的相识呀。

地上到处是凋零的黄花，憔悴枯损，如今有谁忍心采摘？整天守着窗户，孤孤单单，独自一个人如何挨到天黑？到黄昏时分，又下起了小雨，绵绵细雨一点一滴洒落在梧桐叶上，发出令人心碎的声音。这种情形，哪里是一个"愁"字能够说尽的！

【评解】

这首词为李清照晚年所作，抒写其孤苦无依的生活境况和极度的精神痛苦，为历代词评家所推崇。作者通过对秋景的描写，抒发了国破家亡、天涯沦落的悲苦，具有鲜明的时代特征。在写作手法上，开篇连用七组叠字，在感情上层层递进，有统摄全篇之效，且毫无斧凿堆砌之感。"寻寻觅觅"，表现一种无所寄托、空虚失落的心境，仿佛要找寻什么，但看到的却是身边"冷冷清清"，这更加重了痛苦的程度，一句"凄凄惨惨戚戚"痛入心腑。14 个字表现了感情流动的过程，以下的饮酒、听雁、观花、守窗、听雨均属生活细节，全由"寻寻觅觅"引发而来，而其景物描写则由"冷冷清清"引发而来，贯穿全词的感情则是"凄凄惨惨戚戚"。"乍暖"两句写气候之多变，"三杯"三句写饮酒御寒，但酒薄愁浓，是天寒更是心冷。"雁过也"之含义尤丰。雁可北去南归，而词人却无法回到自己的故乡；鸿雁似可传书，但丈夫已死，书信无人可传。意象中包含着故国之思和悼夫之痛。下片承前，写地面落花狼藉之残象，俯仰皆是哀飒之景。"守着窗儿"以下，完全口语化，却表现出极丰富的感情。尾句更是直截了当，仿佛是灵魂的呼喊，震颤人心。陈廷焯说："后幅一片神行，愈唱愈妙。"（《白雨斋词评》）

全词情景相生，巧用"黑""得"等险韵，工妙自然，笔力矫健。七组叠字的运用也增强了音韵效果，使全词顿挫凄绝，缠绵哀怨，极富艺术感染力。

永遇乐·落日熔金

【原典】

落日熔金①，暮云合璧②，人在何处？染柳烟浓，吹梅笛怨③，春意知几许？元宵佳节，融和天气，次第岂无风雨④？来相召、香车宝马，谢他酒朋诗侣。

中州盛日⑤，闺门多暇，记得偏重三五⑥。铺翠冠儿⑦，捻金雪柳⑧，簇带争济楚⑨。如今憔悴，风鬟霜鬓，怕见夜间出去。不如向、帘儿底下，听人笑语。

【注释】

①落日熔金：落日的颜色像是熔化的黄金。

②合璧：像璧玉一样合成一块。

③吹梅笛怨：指笛子吹出《梅花落》曲幽怨的声音。

④次第：接着，转眼。

⑤中州：这里指北宋汴京。

⑥三五：指元宵节。

⑦铺翠冠儿：用翠羽作为装饰的女式帽子。

⑧捻金雪柳：元宵节时女子头上的装饰。

⑨簇带：妆扮的意思。

【译文】

金光灿灿的落日，像熔化的金水一般，色彩淡蓝的暮云，犹如碧玉一样晶莹。景致固然美好，可如今我又置身何地呢？新生的柳叶被烟霭笼罩，《梅花落》的笛曲中传出幽怨的曲调。春天的气息渐渐露出端倪。但在这天气融和的元宵佳节，谁又能料定不会出现风雨呢？那些酒友诗朋驾着华丽的车马前来召集相约，我只能以婉言推辞了，因为我心中愁烦焦躁。

回想汴京繁盛的岁月，身在闺中的我有许多闲暇时光，特别看重这正月十五。带着以翡翠珠子镶嵌的帽子，别着用金色的绢制成的头饰，打扮得整整齐齐，娇艳亮丽。如今容颜憔悴，任头发蓬乱也无心梳理，更怕在夜间出去。不如从帘儿的底下，听一听别人的欢声笑语。

【评解】

这首词当是作者流寓临安时所作。词中虽写元夕，却一反常调，以今昔元宵佳节的不同情景作对比，抒发了深沉的盛衰之感和身世之悲。上片从眼前景物抒写心境。"落日熔金，暮云合璧"着力描绘元夕绚丽的暮景，两句对仗工整，辞采鲜丽，形象生动。但紧接着一句"人在何处"却宕开去，是一声充满迷惘与痛苦的长叹。接着又转笔写初春之景，"春意知几许"，实际上是说春意尚浅。词人不直说梅花已谢而说"吹梅笛怨"，借以抒写自己怀念旧都的哀思。

　　下片"中州盛日，闺门多暇，记得偏重三五"，由上片的写今转为忆昔。遥想当年汴京繁盛的时代，但是，往昔的繁盛华彩早已成为不可追寻的幻梦。"如今憔悴，风鬟霜鬓，怕见夜间出去"表达了词人不仅由亭亭玉立的少女变为形容憔悴、蓬头霜鬓的老妇，而且心也老了，对外面的繁华毫无兴致 。"盛日"与"如今"两种迥然不同的心境，反映了金兵南下前后两个截然不同的时代和词人寂寞悲苦的生活境遇及心理阴影。结尾句"不如向、帘儿底下，听人笑语"，一方面是对由元宵胜景所触动的今昔盛衰发出的慨叹；另一方面却又怀恋着往昔的元宵盛况，并在观赏今夕的繁华中重温旧梦，给沉重的心灵以一点慰藉。在隔帘笑语声中聊温旧梦。这是何等的悲凉！

　　这首词通过使用今昔对照的方法，从欢乐的景致道出了凄凉的心景，抒发了国破家亡的感慨，表达了沉痛悲苦的心情。全词语言质朴清新，自然之中见精巧。

如梦令·昨夜雨疏风骤

【原典】

昨夜雨疏风骤，浓睡不消残酒①。试问卷帘人，却道海棠依旧。知否？知否？应是绿肥红瘦②。

【注释】

①残酒：尚未散去的醉意。
②绿肥：指枝繁叶茂。红瘦：指花朵稀少。

【译文】

昨天夜里，雨点稀疏，晚风迅疾，虽然酣畅地睡了一宿，醉意却仍没有全消。试问卷帘的侍女，她却说海棠花依然如旧。知道吗？应是绿叶依然繁茂，红花却已凋零。

【评解】

这首词是李清照早期的作品之一，被选入《全宋词》。词中充分体现出词人对大自然、对春天的热爱。它写的是春夜里大自然经历了一场风吹雨打，词人预感到庭园中的花木当是绿叶繁茂，红花凋零了。因此，第二天清早她急切地询问"卷帘人"室外的变化情况，可粗心的"卷帘人"却回答说"海棠依旧"。对此，词人连用了两个"知否"与一个"应是"来纠正其观察的粗心与回答的错误。全词虽短小却精炼，有人物、有场景、有对白，叙事完整，别具特色。该词表达了词人怜花惜花的心情，也含蓄地透露出了心情的苦闷。词中对人物心理的描绘十分到位。以景衬情，转折颇多，凄婉含蓄，极为传神。

渔家傲·雪里已知春信至

【原典】

雪里已知春信至①，寒梅点缀琼枝腻②。香脸半开娇旖旎③。当庭际，玉人浴出新妆洗④。

造化可能偏有意，故教明月玲珑地，共赏金尊沈绿蚁⑤。莫辞醉，此花不与群花比。

【注释】

①春信：春天的消息。

②琼枝：指被白雪点染的梅枝。

③香脸：女人化妆而散发香气的面颊。此处用以比拟半开着的散发芬芳的梅花。

④玉人：美人。此指梅花。

⑤金尊：珍贵的酒杯。沈：通"沉"。绿蚁：本来指古代酿酒时上面浮的碎屑沫子，也叫浮蚁，后来衍为酒的代称。

【译文】

从白雪皑皑的银色世界里窥见了春天的消息，一树寒梅被白雪点缀得晶莹剔透，光鲜姣洁。含苞初绽的梅花芳气袭人，好像庭院里刚刚出浴，换了新妆的美人。

大自然似乎也偏爱这娇艳的梅花，作为陪衬，让月光皎洁的清辉洒满大地。让我们举杯开怀畅饮吧，值此花好月圆的良宵，品酒赏梅，不醉不休。须知，群花竞艳，但都逊色于梅花。

【评解】

这是一首咏梅词，被选入《全宋词》。此词当为李清照南渡前所作，梅花是作者自我形象的缩影。此词表面看是写梅花，实则是写人，亦花亦人，形神宛肖，浑然一体。

上片写寒梅初放之景，即描写梅花的形态，主要采取了衬托和拟人的艺术手法。先是用

"雪"和"春信"、"寒"和"琼枝"相衬，以使梅花傲寒不群的品格表现得更突出，更鲜明，后用"香脸半开""玉人浴出"，形容梅花新蕾的秀美、妖艳，以人拟花，以花类人，形象生动，引人入胜。

下片转用侧面烘托，写赏梅的情致，主要采取了描写、抒情和议论相结合的艺术手法。先是用明月映照雪地，营造出一个玲珑剔透、冰清玉洁的赏梅环境，并进一步烘托出梅花的圣洁，后又描写了人们踏着白雪，顶着明月，饮酒赏梅，发出了"此花不与群花比"的感叹。

该词中，银色的月光，金色的酒樽，淡绿的酒，晶莹的梅构成了一幅空灵优美的图画。在修辞上，采用比喻、拟人等多种手法，做到了移情于物，以景传情，意中有景，景中寄意，体现了李词的鲜明特色。

渔家傲·天接云涛连晓雾

【原典】

天接云涛连晓雾，星河欲转千帆舞①。仿佛梦魂归帝所②。闻天语③，殷勤问我归何处。

我报路长嗟日暮，学诗谩有惊人句④。九万里风鹏正举⑤。风休住，蓬舟吹取三山去⑥。

【注释】

①星河欲转：点出时间已近拂晓。星河，银河。千帆舞：指大风吹动帆船在河中颠簸。

②帝所：天帝居住的地方。

③天语：天帝的话语。

④谩有：徒有，空有。

⑤鹏：古代神话传说中的大鸟。

⑥蓬舟：像蓬蒿被风吹转的船。古人以蓬根被风吹飞，喻飞动。

李清照诗词全鉴

暴风狂舞，天空连接着如同波浪般翻滚的云涛和晨雾。银河欲转，千帆如梭，逐浪颠簸。梦中仿佛回到天庭，听到天帝殷勤地问我想到哪里去。

我回答说，路途漫长啊，可叹已到了黄昏。我学作诗，枉有妙句被人称道。大鹏冲天，高飞在九万里长空。大风啊别停息，将我这一叶轻舟，直送往蓬莱仙山去吧。

【评解】

此词写梦中海天溟蒙的景象及与天帝的问答，借梦境把天上和人间作鲜明的对照，充分表现了她对现实的不满及对人生际遇坎坷的感怀。词人还借虚幻梦境表达对自由的渴望，对理想人生的追求。其非凡才能和美好愿望在现实生活中不可能实现，因此只有把它寄托于梦中仙境，在这梦境中寻求出路。

作者把真实的生活感受融入梦境，以浪漫主义的艺术构思，倾诉隐衷，寄托情思。全词打破了上片写景下片抒情或情景交错的惯常格局，以故事性情节为主干，以人神对话为内容，实现了梦幻与生活、

历史与现实的有机结合，用典巧妙，景象壮阔，气势磅礴，音调豪迈，充分显示了作者性情中豪放不羁的一面。

词一开头，便展现了一幅辽阔、壮美的海天一色图卷。所呈现的开阔大气之境界，为唐五代以及两宋词所少见。开头两句写天、云涛、晓雾、星河、千帆，景象极为壮丽；"接""连"二字把四垂的天幕、汹涌的云涛、弥漫的大雾自然地组合在一起，描绘出一种瑰奇雄伟的境界。下阕的"九万里风鹏正举"三句虚实结合，形象愈益壮伟，境界愈益恢弘。词作中对于开阔壮美的境界富于浪漫主义的想象，表现出作者内心一种刚健昂扬的气概。

这首词气势磅礴、音调豪迈，是婉约派词宗李清照的另类作品，具有明显的豪放派风格。近代梁启超评为："此绝似苏辛派，不类《漱玉集》中语。"可谓一语中的，道破天机。

点绛唇·蹴罢秋千

【原典】

蹴罢秋千①，起来慵整纤纤手②。露浓花瘦，薄汗轻衣透。

见客入来，袜划金钗溜③。和羞走，倚门回首④，却把青梅嗅。

【注释】

①蹴：踏。这里指打秋千。

②慵：懒，倦怠的样子。

③袜划（chàn）：这里指跑掉鞋子以袜着地。金钗溜：意谓快跑时首饰从头上掉下来。

④倚门回首：靠着门回头看。

【译文】

荡罢秋千，起身后懒得揉搓细嫩的手。身旁纤瘦的花枝上露珠晶莹，而身上涔涔香汗湿透了薄薄的罗衣。

蓦然间，进来一位客人，慌忙中顾不上穿鞋，只穿着袜子转身就走，头上的金钗在忙乱中也滑落下来。快到门口的时候，却转回头来，含羞地瞥了瞥那位客人，并顺手折下一枝青梅来闻嗅。

【评解】

此词为李清照的早年之作，生动形象地刻画了一位少女天真烂漫的情态。

上片写主人公下了秋千以后的情景，妙在静中见动。词人并没有写荡秋千时的欢乐，而是选取了"蹴罢秋千"后的镜头。此时虽然荡秋千的全部动作已停止，但仍可以想象得出少女在荡秋千时的情景——轻衣罗衫，像燕子一样欢快地在空中飞来飞去。整个上片以静写动，以花喻人，生动形象地勾勒出一个妙龄少女荡完秋千后的神态。

下片刻画了少女初见来客时的羞赧情状。她荡完秋千，正在累得不愿动弹之时，突然出现了一个陌生人。见到来客，她感到惊诧，慌忙地整理衣衫回避。此处虽未正面描写这位突然来到的客人是谁，但从少女的反应中可以印证，这定是一位风度翩翩的少年。"和羞走"三字，对少女此时此刻的内心感情和外部动作作了精确的描绘，表现出了一个天真纯洁、感情丰富却又矜持的少女形象。

词人以极精湛的笔墨描绘了少女怕见又想见、想见又不敢见的微妙心理。整首词风格明快，节奏轻松，寥寥几语，情景毕现，可谓妙笔生花。

点绛唇·寂寞深闺

【原典】

寂寞深闺，柔肠一寸愁千缕。惜春春去。几点催花雨。

倚遍阑干，只是无情绪①。人何处。连天衰草②，望断归来路。

【注释】

①只：仅仅。

②衰草：芳草。

【译文】

暮春时节，人在深闺里寂寞无边，一寸柔肠却要容下千丝万缕的愁绪。越是珍惜春天，春天却越容易流逝。淅淅沥沥的雨声催着落红，也催着春天归去的脚步。

倚遍了每一寸相思的阑干，尽管春天有千般美好，可是内心却没有轻松的情绪。我心中思念的人啊，你在哪里呢？眼前只见那无边的芳草，连绵在归人必经的道路。

【评解】

这是一首借伤春写离恨的闺怨词。上片写伤春之情，将"一寸"柔肠与"千缕"愁思相提并论，表达了愁情难以承载。"惜春"之句，虽不直言其愁，却展现女子矛盾而无奈的心理活动。淅沥的雨声催逼着落红，也催逼着春天归去的脚步。这种惜春、惜花的表述，也正是对青春年华易逝的一种感慨。

下片写伤别之情。"倚遍"二字，把深闺女子百无聊赖的烦闷和苦恼鲜明地点染了出来；"只是无情绪"，有力地表现了愁情深重、无法排解的内心世界。结尾"望断"二字写尽盼归不能的愁苦，此时感情积聚至最高峰而达到高潮。全词层层深入，揭示了女主人公心中的无限愁情。

蝶恋花·泪湿罗衣脂粉满

【原典】

泪湿罗衣脂粉满。四叠阳关，唱到千千遍。人道山长水又断。萧萧微雨闻孤馆①。

惜别伤离方寸乱②。忘了临行，酒盏深和浅。好把音书凭过雁。东莱不似蓬莱远③。

【注释】

①萧萧：一作"潇潇"。孤馆：孤独寂寞的旅馆。宋周邦彦《绕佛阁》："楼观迥出，高映孤馆。"

②方寸：指人心。

③东莱：即莱州，时为明诚为官之地，今山东莱州市，曾名掖县。

【译文】

泪水浸湿了丝绸的薄衫，洇湿了双腮。送别的《四叠阳关》曲唱了一遍又一遍，纵有千言万语，也难叙别情。而今身在异乡，山高水远，相距遥遥。连绵细雨让人心烦，独处孤馆更是愁上加愁。

离情别绪搅得内心纷乱如麻，以致在饯别宴席上喝了多少杯酒，杯中酒是深是浅都没有印象了。最后嘱咐姐妹，你们要让鱼雁频传音讯，以慰我心，东莱毕竟不像蓬莱那样遥远。

【评解】

该词当写于宣和三年（1121）秋天，时赵明诚为莱州太守。此词写作背景有两种说法，一种以为是作者在滞留青州时写给移守莱州的丈夫；另一种以为是作者在赴莱州途中的昌乐馆写给留居青州的姊妹们。以后一种说法较多。

词中通过词人自青州赴莱州途中的所思所感，表达希望姐妹寄书东莱、互相联系的深情。词作上片先写回想，后抒写现实，由远及近，层层道来。通过直陈送别时难分难舍的场面，表达无限伤感，展现了词人感情的深挚。下片，词人的思绪又回到离别时的场景，但笔端则集中抒写的是自己当时的心境。"方寸乱"及"忘了临行"句，真切而又形象地展现了当时难舍难分的心境。

李清照是婉约派代表人物，通过这首词，不仅能看出她特有的抒写心理细腻、敏感的特点，更有笔力纵横、随意恣放的特色。

蝶恋花·暖雨晴风初破冻

【原典】

暖雨晴风初破冻①，柳眼梅腮②，已觉春心动。酒意诗情谁与共？泪融残粉花钿重③。

乍试夹衫金缕缝④，山枕斜欹⑤，枕损钗头凤⑥。独抱浓愁无好梦，夜阑犹剪灯花弄。

【注释】

①初破冻：刚刚解冻。

②柳眼：初生柳叶，细长如眼，故谓"柳眼"。梅腮：梅花瓣儿，似美女香腮，故称"梅腮"。

③花钿（diàn）：用金翠珠宝等制成花朵的首饰。

④金缕缝：用金钱缝成的衣服。

⑤山枕：即檀枕。古代枕头多用木、瓷等制作，中凹，两端突起，其形如山，故名。

⑥钗头凤：古代妇女的首饰。即头钗，其形如凤，故名。

【译文】

暖暖的雨，晴朗的风，送走了些许冬天的寒意。柳叶生长，梅花怒放，春天来临了。端庄的少妇，被春日的景象撩拨起了愁怀。心上人不在身边，能和谁对酒吟诗呢？泪水流下脸颊，弄残了敷在脸上的香粉。

少妇试穿金丝缝成的衣服，但心思并不在衣服上面。她无精打采地斜靠在枕头上，把头上的钗儿都压坏了，却也茫然不顾。内心愁思太浓，又哪能做得好梦？惟有在夜深难眠之时，手弄着灯花，心里想着爱侣。

【评解】

这是一首思妇之词，为宋代闺秀词之冠，是李清照前期的作品。在有些版本中，题作"离情"或"春怀"。当作于赵明诚闲居故里十年后重新出仕、李清照仍独自留居青州时。赵明诚担任地方官的时候，二人曾有过短暂的离别。

此词开头三句，以明丽的色彩描绘早春特有的风物，表现出对生活的信心、期望和热爱，渲染出了令人陶醉的环境氛围。"酒意"两句笔锋陡转，感情产生波澜，由惜时赏春之愉悦转为伤春怀远之幽怨。下片意脉承前而来，选取了闺中生活的三个典型细节，简明而又多侧面地刻画了词人的孤寂情怀。乍试夹衫，山枕独倚，夜弄灯花，把"酒意诗情谁与共"的内心独白，化成了生动的视觉形象。特别是最后两句，借用古人灯花报喜之说，其深夜剪弄，就不只为了消解浓愁，而更透露出了对丈夫早归的热切期待。

全词从白天写到夜晚，生动刻画出了一位热爱生活、向往幸福、苦苦思念丈夫的思妇形象。

浣溪沙·淡荡春光寒食天

【原典】

淡荡春光寒食天①，玉炉沉水袅残烟②。梦回山枕隐花钿③。

海燕未来人斗草④，江梅已过柳生绵⑤。黄昏疏雨湿秋千。

【注释】

①淡荡：形容春光疏淡骀荡。

②沉水：即沉水香，简称"沉香"。

③花钿：一种花形首饰。

④斗草：古代民间一种竞采百草、比赛优胜的游戏。

⑤生绵：谓柳杨花飘絮。

【译文】

清明时节，春光骀荡，万物复苏。玉炉中沉香将尽，细烟袅袅，飘出缕缕清香。午睡醒来后，发觉头戴的花钿落在枕边。

海燕还未归来，但见一群孩子玩起了斗草游戏。江边的梅子已落，那绵绵的柳絮随风轻扬。细细的雨点淋湿了院子里的秋千，更使黄昏增添了几分清凉。

这首词是李清照前期之作。该词通过暮春风光和闺室景物的描绘，表达了词人爱春惜春的心情。

上片写春睡初醒情景，用的是倒叙，头两句是第三句睡醒后的所见所感。"淡荡"犹荡漾，形容春光融和遍满。寒食节当夏历三月初，正是春光极盛之时。熏炉中燃点着沉水香，轻烟袅袅，暗写闺室的幽静温馨。这两句先写出春光的宜人，春闺的美好。第三句写闺中之人。词中没有去写她的容貌、言语、动作，只从花钿写她睡醒时的姿态。"梦回山枕隐花钿"是少女自己察觉到的，不是别人看出来的。暮春三月，春困逼人，她和衣

而卧，不觉沉沉入睡，一觉醒来，才觉察自己凝妆睡去，自己也觉诧异。熏香已残，说明入睡时间已久，见出她睡得那样沉酣香甜。她梦回犹倚山枕，出神地望着室外的荡漾春光，室内的沉香烟袅，一种潜藏的春思隐约如见。这几句不事修饰，淡淡道来，却别有一番情致。

下片写少女的心曲。"海燕未来人斗草，江梅已过柳生绵。"词人这里写海燕未归，隐隐含有她细数日子，惜春留春心态；而写斗草游戏，则映衬自己的寂寞。"斗草"，又叫斗百草，南北朝时即有此俗。"柳生绵"，亦为暮春之景致。通过写景之描摹，也透露出词人无奈叹喟之情。末句"黄昏疏雨湿秋千"，黄昏时分，独自一人，情怀缭乱，冷清难耐，更兼细雨飘飘，以及淋湿的秋千架相伴，让人更感到寂寞和愁怨。

全词笔触含蓄，情感细腻，以物写人，以景写情，把春日少女的姿态和内心世界写得活灵活现。

浣溪沙·髻子伤春慵更梳

髻子伤春慵更梳①，晚风庭院落梅初。淡云来往月疏疏。

玉鸭熏炉闲瑞脑②，朱樱斗帐掩流苏③。通犀还解辟寒无④。

【注释】

①慵：懒洋洋之意。

②玉鸭熏炉：玉制的点燃熏香的鸭形香炉。瑞脑：一种香料名。

③朱樱斗帐：指绣有樱花的方顶小帐。流苏：指帐子下垂的穗儿，一般用五色羽毛或彩线盘结而成。

④通犀：指能避寒气的犀角。犀，指犀牛的角。

【译文】

发髻因为伤春的情绪懒得再去梳，晚风习习，庭院刚刚落下梅花。淡淡的云彩稀稀疏疏地在月儿边往来飘浮。

玉鸭形状的熏炉里香烟袅袅，散发着香气，朱红色的斗帐中掩映着流苏。通犀不知道还能不能避寒。

【评解】

这是一首反映贵族女子伤春情态的小调，风格清丽，寓伤春之情于景物描写之中，生动刻画出一颗孤寂的心。

上片运用了由人及物、由近及远、情景相因的写法，深刻生动。上片首句写人，"髻子伤春慵更梳"似是述事，其实却是极重要的一句心态描写：闺中女子被满怀春愁折磨得无情无绪，只随意地挽起发髻，懒得精心着意去梳理。接下来写景，深沉庭院，晚风习习，梅残花落，境极凄凉，一种伤春情绪，已在环境的渲染中流露出来。接着写淡淡的浮云在空中飘来飘去，天边的月亮也显得朦胧遥远。"疏疏"二字为叠字，用以表现云缝中忽隐忽显的月光，恰到好处。

下片通过对富贵奢华生活的描写，含蓄地反衬伤春女子内心的凄凉与苦楚。前两句写室内陈设极尽华美，"玉鸭熏炉闲瑞脑，朱樱斗帐掩流苏"：玉制的鸭形熏炉中，还闲置着珍贵的龙脑香，懒得去点燃；朱红的小帐低垂，上面装饰着五色的丝穗。这里主要写室内的静物，但也有心情的透露。结尾"通犀还解辟寒无"，词意极为婉转，怨而不怒，符合中国古典美学"温柔敦厚"的要求，也显示了这位大家闺秀的独特个性。

纵观全词，运用了正面描写、反面衬托的手法，着意刻画女主人公孤寂的心情。在表面平静的叙述中，蕴藏着极为丰富、复杂而又细腻的感情。格高韵胜，风格清丽。

浣溪沙·莫许杯深琥珀浓

【原典】

莫许杯深琥珀浓①，未成沉醉意先融②。疏钟已应晚来风③。

瑞脑香消魂梦断④，辟寒金小髻鬟松⑤。醒时空对烛花红⑥。

【注释】

①莫许：不要。琥珀浓：指酒的颜色很浓，色如琥珀。

②融：形容酒醉恬适的状态。《晋书·陶潜传》："每一醉，则大适融然。"

③疏钟：断续的钟声。

④瑞脑：一种熏香的名字，也叫龙脑，即冰片。

⑤辟寒金：相传昆明国有一种异鸟，常吐金屑如粟，铸之可以为器。此处借指首饰。

⑥烛花：蜡烛燃烧时的烬结。

【译文】

不要说这酒杯太深，如琥珀般的酒味太浓，还没有醉却已意蚀魂消。阵阵晚风中，传来时远时近的钟声。

瑞脑香渐渐熄灭，我从梦中醒来，如辟寒金鸟一样珍贵的金钗太小，头髻都松了。在孤独与清醒中，默默对着寂寞燃烧的红烛。

【评解】

这是一首闺情词，写词人晚来用酒遣愁，梦里醒来的孤寂，隐含无限的离情别绪。作品重在深婉含蓄的心理刻画，通过梦前梦后的对比，把词人沉重的愁苦情思从侧面烘托出来。全词写相思，却不着相思二字，含蓄蕴藉，深得婉约之妙。

上片写词人在深闺寂寞中欲以酒浇愁。杯深酒腻，未醉先已意蚀魂消。"莫许杯深琥珀浓"，以深杯浓酒来消愁，其愁绪绵绵可想而知；"未成沉醉意先融"，意谓酒虽然没有喝多少，心却已经醉了。下片写醉中醒后。词人从好梦中恍然惊觉，炉寒香尽，枕冷衾寒。词不写情之难堪，只写醒时神态。"瑞脑香消魂梦断，辟寒金小髻鬟松"两句则是进一步描绘辗转不寐的绵绵愁思。句中的"小""松"是一对形容词，钗愈小，鬟愈松，大大增强了表现力，使读者通过头饰的描写，不仅看到人物的情态，而且体察到人物的内心世界。笔墨凝练、生动深刻，令人叹服。香已消，魂梦断，可见夜之漫长而梦寐难成。结句"醒时空对烛花红"点题，将词人的满怀愁绪以景物映衬而出，景语实为情语。

浣溪沙·小院闲窗春色深

【原典】

小院闲窗春色深①，重帘未卷影沉沉②。倚楼无语理瑶琴③。

远岫出山催薄暮④，细风吹雨弄轻阴⑤。梨花欲谢恐难禁⑥。

【注释】

①闲窗：雕花和护栏的窗子，一般用作幽闲之意。春色深：一作"春已深"。

②沉沉：指闺房幽暗，意指深邃。五代孙光宪《河渎神》："小殿沉沉清夜，银灯飘落香池。"

③瑶琴：饰玉的琴，即玉琴。也作为琴的美称，泛指古琴。

④远：远山。岫：山峰。晋陶渊明《归去来兮辞》："云无心以出岫，鸟倦飞而知还。"

⑤轻阴：暗淡的轻云。唐张旭《山行留客》："山光物态弄春晖，莫为轻阴便拟归。"

⑥难禁：难以阻止。

【译文】

透过窗子看见院内春天的景色已远去，厚重的门帘没有卷起，闺房内暗影沉沉。倚在绣楼阑干上寂寞无语地拨弄着瑶琴。

远处山峰上云雾缭绕，看起来黄昏即将来临，轻柔的晚风吹动着细雨，拨弄着暗淡的云彩。院子里的梨花即将凋谢，让人不禁感怀伤景。

【评解】

词的上片主要描写环境，下片着重刻画景物。

首句点明词人透过窗子看到的小院环境。院内寥落，春色已深，天色将晚，可谓深闺似海。次句写身处这深院之中，一任帘幕低垂，室内光线昏暗，孤零岑寂。小、闲、深，正是空闺写照。春情动，难以用言语形容，只得无声地抚弄瑶琴。"倚楼无语"，道出了"此时无声胜

有声"，蕴藉未吐之深情，更具有无限的韵味。

下片与前段结语紧密联系，由室内而至室外，从正面揭示愁思之由。"远岫出山催薄暮"为远景，云出云归，时光亦随之荏苒而逝，不觉晚景催逼；"细风吹雨弄轻阴"为近景，是说傍晚时分，天色渐暗，轻阴漠漠，而微风吹拂，雨花飞溅，好似与轻阴相戏弄，故云"弄轻阴"。结句"梨花欲谢恐难禁"是承"春色深"而来，其意在表现风雨摧花，欲谢难禁的忧思。

历代评论家评此词"雅练""淡语中致语"（沈际飞本《草堂诗馀》）。写闺中春怨，以不语语之，又借无心之云，细风、疏雨、轻阴来淡化、雅化。这种婉曲、蕴藉的传情方式，极富情趣。

浣溪沙·绣面芙蓉一笑开

【原典】

绣面芙蓉一笑开①，斜飞宝鸭亲香腮②。眼波才动被人猜。

一面风情深有韵③，半笺娇恨寄幽怀④。月移花影约重来。

【注释】

①绣面：唐宋以前妇女面额及颊上均贴纹饰花样。芙蓉：荷花，此处指面容好看，如荷花盛开。

②宝鸭：指鸭形发式或钗头形状为鸭形的宝钗。香腮：美丽芳香的面颊。

③一面：整个脸上。韵：味道，韵致。

④笺：纸，指信笺、诗笺。

【译文】

一个美丽漂亮的少女，笑容像荷花绽放，云鬓斜坠，衬着雪白的香腮。她的眼波荡漾，清澈动人，好像能说话一样。

她的面容风情万种，饱含深韵，半张纸笺写下了娇嗔和思念的情怀。月上梢头，花的影子不断移动，正是情人约会重聚的好时光。

【评解】

此词是作者早期的作品。写一位美丽的女子与心上人幽会，又写信相约其再会的情景。人物的肖像描写采用了比拟、衬托、侧面描写的方法。语言活泼自然，格调欢快明朗。

起笔便带出了不同寻常的女性之美。"绣面芙蓉"写出了这个女子姣美的面庞宛如出水荷花，光艳明丽；"斜飞宝鸭"是说她把鸭状头饰斜插鬓边，对自己作了精心的修饰，传递出词中女主角天生俏丽，再加以入时的华饰，而产生了不同一般的效果。句中的"一笑开"三字，以动入静，尤为精巧。接下来的"眼波才动被人猜"之句，描写女子美目流盼，宛如一弯流动明澈的秋水，极其生动传神，实为神来之笔。

"一面风情深有韵，半笺娇恨寄幽怀"把上下两阕的因果衔接和少女此时的心理展示了出来。笺即是书信，显然是久不见面，才以书信传达爱意，娇恨自然也就是青春少女的一种小情愫。"月移花影约重来"，明月上移，花影摇动，到那时我们来幽会吧！花前月下，正是少男少女相会的宝地，女主人公此语表现了其对未来的期待。

综合全词来看，词人出色地发挥了女性思维的长处，在氛围、比拟、画面以及细节的捕捉上，都表现出了出色的艺术天分。词中的女主人公由于身处青春爱情之中，情绪难免波动，其性格也颇富变化。她倩然一笑，美丽活泼；眼波流转，细腻羞涩；凝视花月，苦苦思恋；

写信抒怀，大胆追求。这些看似矛盾，实则反映了青春少女芳心初动时复杂的心理。在封建家长制婚姻的背景下，女主人公的追求是大胆的，也是美好的。这也寄寓了词人对美好爱情的向往与追求。

减字木兰花·卖花担上

【原典】

卖花担上，买得一枝春欲放①。泪染轻匀②，犹带彤霞晓露痕。

怕郎猜道，奴面不如花面好③。云鬓斜簪④，徒要教郎比并看⑤。

【注释】

①一枝春欲放：此指买得一支将要开放的梅花。

②泪：指形似眼泪的晶莹露珠。

③奴：作者自称。

④云鬓：形容鬓发多而美。

⑤徒：只，但。郎：在古代既是妇女对丈夫的称呼，也是对她所爱男子的称呼。这里当指前者。比并：对比。

【译文】

从卖花人的担子上，买了一枝含苞待放的花。清晨的露珠在花色之中也留下了痕迹，让花显得更加美丽。

我怕丈夫看了花之后犯猜疑，认为我的容颜不如花的漂亮。我这就将花儿插在云鬓间，让花与脸庞并列在一起，叫他比一比，看哪个更漂亮。

【评解】

这首词作于建中靖国年间，这时候，李清照与夫君赵明诚新婚燕尔，心中充满对爱情的热烈与执着。全篇截取了作者新婚生活的一个侧面，显示她独特的个性和俏皮的情怀。

上片主旨是买花。当听到卖花声，看到卖花担子时，买下一枝心仪的鲜花。接着便是满怀深情地欣赏。"春欲放"三字，表达了她对花儿的由衷喜爱，一个"春"字，意蕴深厚，给人以无穷的美感和联想。"泪染轻匀"二句，写花的容态。这花儿被人折下，露珠点点似泪痕，似乎在为自己命运的不幸而哭泣。用拟人化手法，着一"泪"字，愁容毕现，又缀以"轻匀"二字，便显得哀而不伤，娇而不艳，其中似乎渗透着词人对它的同情与爱抚。

"犹带彤霞晓露痕"，花朵上披着红彤彤的朝霞，带着晶莹的露珠，不仅显出了花之色彩新鲜，而且点明了清晨这一时段，整个背景写得清新绚丽，恰到好处地烘托了新婚的欢乐与甜蜜。

下片主旨写戴花，侧重于内心刻画。"怕郎猜道，奴面不如花面好"，展现出一位新嫁娘自矜、好胜甚至带有几分嫉妒的心理。她觉得自己已比较超群，但同"犹带彤霞晓露痕"的鲜花相比，似乎还不够娇美，因此担心新郎是否爱她。这是新娘自我内心的揣度，曲笔表达，轻灵有致。接着二句，她将花儿簪在鬓发上，让新郎看看哪一个更美，这是一种情趣，暗示了一种希望被新郎宠爱的心理。含蓄蕴藉，余味袅袅。

全词语言生动活泼，富有浓郁的生活气息，是一首独特的闺情词。

临江仙·庭院深深深几许

【原典】

欧阳公作《蝶恋花》，有"深深深几许"之句，予酷爱之。用其语作"庭院深深"数阕，其声即旧《临江仙》也。

庭院深深深几许，云窗雾阁常扃①。柳梢梅萼渐分明。春归秣陵树②，人老建康城③。

感月吟风多少事④，如今老去无成。谁怜憔悴更凋零。试灯无意思⑤，踏雪没心情。

【注释】

①扃（jiōng）：门环、门闩等。此谓门窗关闭。

②秣（mò）陵：秦改金陵为秣陵，即今江苏南京。

③建康城：今江苏南京。

④感月吟风：即"吟风弄月"，指以风月等自然景物为题材写诗填词。

⑤试灯：元宵节前一日张灯预赏，谓之试灯。

【译文】

庭院很深很深，不知深到什么程度，云雾缭绕的楼阁门窗常常关闭。极目望去，那柳梢返青和梅枝吐蕊的景象越发分明。从古秣陵城的周围渐渐泛绿的树木中，已知道春天归来的讯息，但我却无家可归，可能要老死建康城了。

回首过去有太多吟赏风月的事，饮酒作诗是多么快乐，而如今人已老去，没有作为了！有谁会怜悯你的憔悴与衰败呢？元宵节赏灯觉得没有意思，踏雪赏景也没有这份心情了。

【评解】

这首词作于建炎三年，即1129年初，是李清照晚期代表作之一。上片写春归大地，词人闭门幽居，思念亲人，自怜身世；下片承上片，怕触景伤怀，进而追忆往昔，对比眼前，感到心灰意冷。词作不单是作者个人的悲叹，而且道出了成千上万向往恢复中原的人之心情。全词格调苍凉沉郁，几乎全以口语入词，明白晓畅，又极准确、深刻地表达了词人的心理状态。

开头首句直接引用欧阳修《蝶恋花》词首韵"庭院深深深几许"全句，连叠三个"深"字，渲染出庭院的深邃，为比兴手法，貌似写闺情，实则蕴国恨。第二句"云窗雾阁常扃"推进了"深"的意境，其孤寂郁闷之情跃然纸上，虽不言愁苦，却使人更难为怀。"柳梢梅萼渐分明"一句，柳梢吐绿，梅萼泛青，一片早春的风光，画面生动。着一"渐"字，为点睛之笔。"春归秣陵树，人老建康城"二句内涵极其丰富，所蕴含的痛楚相当深沉。"春归"是时间概念；"秣陵树"是空间概念，意谓南宋偏安建康又一度春光来临了；"人老"是时间概念，"建康城"是空间概念，北人将老死南陲，创造出一悲恸欲绝的境界。

词作下片，"感月吟风多少事，如今老去无成"，今昔对比，十分喟叹。"多少事"用以加强语气，表示很多，记也记不清了。可如今年老漂泊，心情不好，什么事也做不成。至此，词人极为伤感。"谁怜憔悴更凋零"句写山河破碎，无人收拾，词人痛心憔悴，道出了心境凄凉。结末"试灯无意思，踏雪没心情"，这一吟风感月的最好题材，而今也觉得没意思了。北望中原，大势已去，恢复无望，而金兵横行，目睹残酷的现实，哪里还有心情去赏灯观月，踏雪寻诗呢。全词凄清哀婉，沉郁悲怆。

临江仙·梅

【原典】

庭院深深深几许，云窗雾阁春迟①。为谁憔悴损芳姿。夜来清梦好②，应是发南枝③。

玉瘦檀轻无限恨④，南楼羌管休吹⑤。浓香吹尽有谁知。暖风迟日也，别到杏花肥。

【注释】

①云窗雾阁：指高耸入云的楼阁。

②清梦：美梦。

③南枝：此指梅花。

④檀轻：颜色浅红。檀，原为木名，此处指浅绛色。

⑤羌管：即羌笛，出自古代西部羌族的一种簧管乐器。

【译文】

庭院是多么幽深啊，窗户楼阁都被云雾所弥漫，所以就连春天都来得很迟。而我又是为了谁在慢慢憔悴，损毁容颜。相聚只能在夜晚的梦中，梅枝也到了发芽的时节。

梅花风骨清瘦，南楼的羌笛不要吹奏哀怨的曲调。吐着浓浓香气的梅花不知道被吹落了多少。春日的暖风不妨迟一点吹来，别一下就把时间带到杏花盛开的时节了。

【评解】

这首词以咏梅为题，表现了闺人幽独的情思与年华易逝的惆怅。词中以梅喻人，貌似写梅，实则写人，人与梅融为一体，含蓄委婉，意味悠长。"为谁憔悴损芳姿"，赋予了梅花人的思想、感情和行为，写梅花因思念而减损容颜，变得憔悴，实际上是作者托物言志的一种自喻与感伤。"夜来清梦好，应是发南枝"，这是主人公对远方之人殷切思念所发出的无奈之声，既然现实难以相会，只有寄托梦中了。其中，"憔悴""玉瘦檀轻"等形象的描绘，仿佛是南渡后在愁苦中煎熬的词人外貌形态的写照。上下片"为谁""有谁知"的两度追问，又透露出世无知音的痛苦。

该词不是以梅花直接比人，而是把梅花同人、清梦联系起来，因好梦过渡到梅花绽放，令人回味绵绵。

念奴娇·萧条庭院

【原典】

萧条庭院，又斜风细雨，重门须闭。宠柳娇花寒食近①，种种恼人天气。险韵诗成②，扶头酒醒③，别是闲滋味。征鸿过尽，万千心事难寄。

楼上几日春寒，帘垂四面，玉阑干慵倚④。被冷香消新梦觉，不许愁人不起。清露晨流，新桐初引⑤，多少游春意。日高烟敛，更看今日晴未。

【注释】

①寒食：节令名，清明节前一天（或说清明前两天）。相传起于晋文公悼介之推事，以介之推抱木焚死，就定于是日禁火寒食。

②险韵诗：用生僻、难押韵的字来做韵脚的诗。

③扶头酒：让人容易醉倒的酒。

④玉阑干：白玉石栏杆。

⑤初引：叶初长。《世说新语·赏誉》："于时清露晨流，新桐初引。"这两句形容春日清晨，露珠晶莹欲滴，桐树初展嫩芽。

【译文】

　　庭院萧条冷落，又吹来了斜风细雨，一层层的院门关闭。春天的嫩柳渐绿，娇花即将开放，寒食节临近，又到了阴雨不定，天气让人烦闷的时日。险韵诗已经写成，从沉醉的酒意中清醒，还是别有一番闲愁在心头。远飞的大雁从天空飞过，心中满腹的话语却难以托寄。

　　连日来楼上春寒深重，放下四面的帘幕，玉栏杆也懒得凭倚。被子清冷，香火已消，我从短梦中醒来。这情景，使本来已经愁绪万千的我难以躺卧不起。早晨露珠晶莹，桐树叶一片嫩绿，增添了不少游春的情志。太阳已高，晨烟初放，再看看今天是不是又一个放晴的好天气。

【评解】

　　这是一首怀人之作，叙写了寒食节时对丈夫的怀念。词中借雨后的春景描写，表达了自己独居的落寞之情。上片写"心事难寄"，从阴雨寒食，天气让人烦闷，引出了借酒浇愁。开头三句写环境气候，给人以寂寞幽深之感。接着写作诗填词醉酒，但闲愁却无法排解，怨尤万般。"宠柳娇花寒食近，种种恼人天气"句由斜风细雨，而想到宠柳娇花，既倾注了对美好事物的关切与向往，也透露出自哀自怜的感慨。"别是闲滋味"，一"闲"字，将寂寞幽怨的伤春怀远之心娓娓道来，耐人寻味。"万千心事"，积于心中，难以排遣，想吐露寄出却也无方，只好还是把它深深地埋藏心底。

　　下片说"新梦觉"，从梦后初醒发现天气已经放晴引出了春游的打算。起首几句，承接上片的"万千心事"之意，在连日阴霾，春寒料峭，词人楼头深坐，帘垂四面的幽暗中，其落寞情怀不言而喻。"玉阑干慵倚"，刻画词人的无聊意绪，而隐隐离情亦在其中。鸿雁过尽，音信无凭，纵使阑干倚遍，亦复何用！满腹的心事无人可诉，唯有寄托于梦境；而刚入梦境，又被寒冷逼醒唤回。辗转难眠之意，凄然溢于言表。"不许愁人不起"，寥寥的六个字，包含了太多无可奈何的情愫，离情最苦，痛苦不堪。从"清露晨流"到结尾，词的意境为之一变。此前，词清调苦，婉曲深挚；此后，疏朗清空，低徊蕴藉。从"重门须闭""帘垂四面"，到"日高烟敛，更看今日晴未"，至此帘卷门开，一股盎然生意顿现。透过日光烟云，预料是大好晴天，但词人还放心不下，仍要进一步"更看今日晴未"，暗中与前面所写的风雨春寒相呼应，脉络清晰，有言尽而意不尽之感。

全词用细腻曲折的笔触，真实地再现了春景，并引出了词人独居的落寞心情。词浅意深，清丽婉妙，融情入景，浑然天成。

菩萨蛮·风柔日薄春犹早

【原典】

风柔日薄春犹早①，夹衫乍著心情好②。睡起觉微寒，梅花鬓上残③。

故乡何处是？忘了除非醉。沉水卧时烧④，香消酒未消。

【注释】

①日薄：谓早春阳光和煦宜人。

②乍著：刚刚穿上。宋方潜力《蕙兰芳》："乍著单衣，才拈圆扇，气候暄燠。"

③梅花：此处当指插在鬓角上的春梅。一说指梅花妆。《太平御览》卷九七〇引《宋书》，谓南朝宋武帝女寿阳公主日卧于含章殿檐下，梅花落额上，成五出之花。拂之不去，自后有梅花妆。

④沉水：即沉水香，也叫沉香，瑞香科植物，为一种熏香料。

【译文】

春风轻柔，阳光淡薄，时值早春季节了。刚脱下棉衣，换上单薄的青衫，感到轻松之中心情也很好。睡醒后觉得有些寒意，发现鬓上的梅花妆已经乱了。

日夜思念的故乡在哪里呢？只有在醉梦中才能忘却思乡的愁苦。香炉是临睡的时候点燃的，沉水香的烟雾已经散尽了，可我的酒气还未全部消去。

【评解】

这首词是作者晚年的作品，抒发了深切的思乡之情，颇耐寻味。

开头两句描写的时令是早春时节，天气温和，风柔日薄，人们脱去厚重的冬衣，换上了轻薄的春衫，感到轻松而愉悦。下两句忽作转折，早春乍暖还寒，小睡起来，微寒侵肤，梅花妆也已乱了。词人不说心情的转变，只用天气的轻寒和梅花妆的凌乱，暗示其意识流程。一定是思乡之心又被春天拨动，故园那些美好春天的回忆又从记忆中泛起。上阕四句，透露出含蓄、朦胧、凄冷的心境和愁思，通过这种"微寒"之感和残破的"梅花妆"意象，巧妙地投射出她心灵深处某种难言的惆怅。一位内心极为敏锐细腻的知识女性对良辰美景的复杂感触在这里已微露端倪。

下片转写思乡，发出了故乡在何处之悲呼。词人将上阕透露出来的那种凄清感和残缺美的意象简明地表达出来："故乡何处是"，不仅言长路漫漫，故乡遥远难归，而且还蕴含着"望乡"动作，即在白天黑夜中，词人不知多少次引颈远眺，遥望故乡。结句"香消酒未消"，句调圆转轻灵，而词意却极沉郁。不直言思乡之愁，而说酒，说熏香，词意含蓄隽永。

全词通篇采用对比手法，上片写早春之喜，下片写思乡之苦，以美好的春色反衬有家难归的悲凄，深切感人。

菩萨蛮·归鸿声断残云碧

【原典】

归鸿声断残云碧①，背窗雪落炉烟直②。烛底凤钗明③，钗头人胜轻④。

角声催晓漏⑤，曙色回牛斗。春意看花难，西风留旧寒。

【注释】

①归鸿：这里指春天南归的大雁。碧：青绿色。

②背窗：身后的窗子。

③凤钗：古代妇女的一种首饰。

④人胜：古时正月初七为"人日"，剪彩为人形，故名人胜。胜，古代妇女的首饰。

⑤漏：古代滴水计时的器具。

【译文】

南归的大雁发出让人断肠的鸣叫声，散布在残云碧空中。窗外雪花纷扬，室内升起了一缕炉烟。微微的烛光映照头上明亮的凤钗，凤钗上的人胜装饰非常轻巧。

凄厉的角声催开夜色，看晓漏已是黎明时分，斗转星移，转眼曙光日照，报春的花儿想是开放了吧。但是时值早春，花儿并没有心思出来争春，因为西风还余威阵阵，仍然带着料峭的春寒。

【评解】

这首词写于李清照南渡后的最初几年，以寻常词语抒发曲折的心绪，也是一首描写乡愁的作品。

上片写黄昏后的室内外的景象，及永夜思念家乡的情景；下片写拂晓室内外的景象和词人难以看到春花的惆怅，不言愁而愁自见。全词语言精美，不假雕饰，意境幽远。

此词起首二句寓有飘零异地之感。望归鸿而思故里，见碧云而起乡愁，几乎成了唐宋词的一条共同规律。然而随着词人处境、心情的不同，也能写出不同的特色。"归鸿声断"，是写听觉；"残云碧"是写视觉，短短一句以声音与颜色共同渲染了凄清冷落的气氛。那嘹亮的雁声渐渐消失了，词人想寻觅它的踪影，可是天空中只有几朵碧云，此刻的情绪自然是怅然若失。少顷，窗外飘下了纷纷扬扬的雪花，室内升起了一缕炉烟。雪花与香烟内外映衬，给人以静而美的印象。

这首词的时间和空间都有一个转移的过程，但这一切都是通过景物的变换和情绪的发展在不知不觉中完成的。从"残云碧"到"凤钗明"到"曙色回牛斗"，既表明空间从寥廓的天宇到狭小的居室以至枕边，也说明时间从薄暮到深夜，以至天明。

最后两句"春意看花难，西风留旧寒"，语淡情浓。因为春寒料峭，恐怕去赏花的心情也没有了！这正是词人对生活几乎彻底失望的心情的显现。

这首词运用曲笔，以浅淡之语写深挚之情，意味隽永，值得用心玩赏。

武陵春·风住尘香花已尽

【原典】

风住尘香花已尽①，日晚倦梳头。物是人非事事休，欲语泪先流。

闻说双溪春尚好②，也拟泛轻舟。只恐双溪舴艋舟③，载不动、许多愁。

【注释】

①尘香：尘土里有落花的香气。

②双溪：浙江金华县的江名。

③舴艋（zé měng）：像蚱蜢一样的小船。

【译文】

春风停息，百花凋零，只有尘土中还带着落花的香气，天色已晚，却懒于梳头。风物还是原来那般模样，但人已经不同，一切都走到了尽头。想要诉说心里的苦衷，话还没说泪水已先落下。

听说双溪春天的光景还好，也打算登上轻舟前往观赏。只怕航行在双溪上的小船，载不动那许多忧愁。

【评解】

这是词人在金华避难时候的词作。词人经历了国破家亡，内心苦闷之情无处排解，因此这首词表现得十分悲戚。上片极力言说眼前景物的萧条、心中的凄苦，下片进一步表明了悲愁之深重。全词都充斥着物是人非事事休的感叹，表明了她对故国的怀念。"愁"本就是抽象的，但是李清照却能够通过暗喻来将这份感情具象化，构思新颖，想象丰富。通过暮春景物勾出内心活动，以舴艋舟载不动许多愁的艺术形象来表达悲愁之多。写得深沉且含蓄，不愧是千古绝唱。

鹧鸪天·暗淡轻黄体性柔

【原典】

暗淡轻黄体性柔，情疏迹远只香留。何须浅碧轻红色，自是花中第一流。

梅定妒，菊应羞，画阑开处冠中秋①。骚人可煞无情思②，何事当年不见收③。

【注释】

①阑：通"栏"。此句谓桂花为中秋时节首屈一指的花木。

②骚人：诗人，指屈原。可煞：可是。情思：情意。

③何事：为何。

【译文】

淡黄色的桂花并不鲜艳，但体态轻盈。在幽静之处不惹人注目，只给人留下香气。不需要具有名花的浓艳娇媚，凭着自身色淡香浓的特性，就应属花中最好的。

对于桂花的独特与可爱，梅花一定妒忌，菊花也会羞惭。桂花是秋天里的百花之首，天经地义。遗憾的是屈原对桂花不太了解，以致太缺少情意了。不然，他在《离骚》中赞美那么多花，为什么没有提及桂花呢？

【评解】

这首《鹧鸪天》是一首咏桂词，以议论入词，托物抒怀，风格独特，颇得宋诗之风。

"暗淡轻黄体性柔，情疏迹远只香留"是对桂花的描摹。桂花不以炫亮和娇媚取悦于人，"暗淡轻黄"写出了桂花的独特风韵。全词中仅此两句是描写，其余皆是由此二句引出的议论和联想。"暗淡轻黄"四字同时写出了桂花的光泽和颜色：光泽不鲜艳耀眼，颜色是令人赏心悦目的淡黄色，一开篇即将桂花的鲜明特色展现出来；"体性柔"则写桂花的纤薄柔嫩之态，读来似见柔弱女子让人怜惜，单此一句即形神兼备。接下来自然地引出下句"情疏迹远只香留"，说明桂花不追求繁华炫目，虽"情疏迹远"却将香气留与人间。

以下转入议论。"何须浅碧轻红色，自是花中第一流"反映了李清照的审美观，她认为品格的美、内在的美尤为重要。"何须"二字，把仅以"色"取胜的群花一笔荡开，而推出色淡香浓、迹远品高的桂花，大书特书。"自是花中第一流"为第一层议论。

"梅定妒，菊应羞，画阑开处冠中秋"承上阕而来，用梅花的妒忌、菊花的羞愧来反衬桂花的出色。这是词人的第二层议论，将桂花与梅、菊相对照，较之上阕的议论，这两句则从另一个方面表现了桂花的内在品质。"骚人可煞无情思，何事当年不见收"，为第三层议论。

传说屈原当年作《离骚》，遍收名花珍卉，以喻君子修身美德，唯独桂花不在其列。李清照很为桂花抱屈，因而毫不客气地批评这位先贤，说他情思不足，竟把香冠中秋的桂花给遗漏了，实乃一大遗恨。

这首词以群花作衬，以菊、梅作比，展开三层议论，形象地表达了词人对桂花的由衷赞美。桂花貌不出众，色不诱人，但却"暗淡轻黄""情疏迹远"而又馥香自芳，这正是词人品格的写照。该词显示了词人卓尔不群的审美品位。

鹧鸪天·寒日萧萧上琐窗

【原典】

寒日萧萧上琐窗①，梧桐应恨夜来霜。酒阑更喜团茶苦②，梦断偏宜瑞脑香③。

秋已尽，日犹长，仲宣怀远更凄凉④。不如随分尊前醉⑤，莫负东篱菊蕊黄⑥。

【注释】

①琐窗：雕刻有花形纹饰的窗户。南朝时鲍照《玩月城西门廨中》诗曰："蛾眉蔽珠栊，玉钩隔琐窗。"

②酒阑：酒尽，酒酣，阑，指残，尽，晚。团茶：团片状之茶饼，饮用时则碾碎之。宋代有龙团、凤团、小龙团等多个品种，比较名贵。

③瑞脑：即龙涎香，一名龙脑香。

④仲宣：王粲，字仲宣，汉末文学家，"建安七子"之一。其《登楼赋》抒写去国怀乡之思，誉满文坛。

⑤随分：随意，任意。尊前：指宴席上。

⑥东篱菊蕊黄：化用陶渊明《饮酒二十首》的"采菊东篱下"之

句。东篱，代指种菊花的园圃。

【译文】

深秋的日光渐渐地照到雕刻着花纹的窗子上，梧桐树应该会怨恨夜晚来袭的寒霜。酒后更喜欢品尝团茶的滋味，梦中醒来特别适宜嗅闻瑞脑的余香。

秋天快要过去，依然觉得白昼漫长。比起王粲《登楼赋》所抒发的怀乡之情，我感到更加凄凉。不如跟陶渊明学学，借酒消愁，放下一切，不辜负东篱绽放的菊花。

【评解】

该词是李清照晚年流寓越中所作，主要写秋日的乡愁。起笔"寒日萧萧"写深秋凄凉的景色，含悲秋伤时之意。"恨霜"即恨霜落其叶。草木本无知，所以，梧桐之恨，实为人之恨。接着写酒后喜茶，梦醒闻香。喜欢苦茶，说明酒饮很多；酒饮得多，表明愁重。委婉含蓄，道出孤寂无聊的心境。"瑞脑"，熏香名，又名龙脑，此处是借香写环境之清寂。

"秋已尽，日犹长"主要表达作者对秋的感受。而后引王粲怀远典故，借古寄怀，发思乡之幽情。"随分"，随便，含有随遇而安的意思。飘零的日子不知何时才能结束，日思夜想的故土不知何日才能重归，愁烦难耐，自我劝慰，不如端起杯中美酒，随意痛饮，别辜负了东篱盛开的菊花。"东篱"，种菊花的地方，语出陶渊明《饮酒》诗："采菊东篱下，悠然见南山。"原本是借酒浇愁，却又故作达观；而表面上的达观，实则隐含着悲愁难遣的家国之思。因此，"随分尊前醉"与"莫负东篱菊"，皆并非是赏心乐事，而是一种无可奈何的郁闷排遣。这种自宽自慰的说法，看似轻松，实则忧愤更深。

全词移情于物，借景抒情，道出了孤独和寂寥，抒发了词人故国沦丧、流离失所的悲苦之情，立意精巧，跌宕有致。

一剪梅·红藕香残玉簟秋

【原典】

红藕香残玉簟秋①。轻解罗裳，独上兰舟②。云中谁寄锦书来③？雁字回时④，月满西楼⑤。

花自飘零水自流。一种相思，两处闲愁。此情无计可消除，才下眉头，却上心头。

【注释】

①红藕：红色的荷花。玉簟（diàn）：精美的竹席。簟，竹席。

②兰舟：用木兰树木制造的船只，或非实指，泛用为对船的美称。《述异记》卷下谓：木质坚硬而有香味的木兰树是制作舟船的好材料。

③锦书：对书信的一种美称。

《晋书·窦滔妻苏氏传》云：苏蕙织锦为回文旋图诗，以赠其被徙流沙的丈夫窦滔。这种用锦织成的字称锦字，又称锦书。

④雁字：是指雁群在飞的时候会排成"一"或"人"字形，故称。古人认为鸿雁能够传书。

⑤西楼：泛指居所。南唐李煜《相见欢》词："无言独上西楼，月如钩。"

【译文】

红色的荷花凋零，唯有淡淡残香，从竹席上分明感到秋凉，轻轻脱下罗绸外裳，独自泛起一叶兰舟。仰头远望长空，白云悠悠，雁群排成队形飞来，有没有家书寄来呢？鸿雁飞回的时候已是夜晚，皎洁的月光洒照在西楼。

花自在地飘零，水自在地流动，一样离别的相思，两处牵动着闲愁。这种相思之愁实在无法排遣，刚从微蹙的眉间消失，又在心头缠绕。

【评解】

这首词作于李清照与丈夫赵明诚离别之后，寄寓了不忍离别的一腔深情，是一首倾诉相思之苦的词。

上片触景生情，写秋天衰败的景色，季节转换，也寓意着人生的悲欢离合。首句"红藕香残玉簟秋"，从目之所见、身之所感起笔，写荷花凋谢、唯有淡淡余香，坐在竹席上已分明感到秋天的凉意，渲染了环境气氛。表面上看是写荷花残，竹席凉，实质上暗含青春易逝、红颜易老之意境。"云中谁寄锦书来",则明写别后的想念。接以"雁字回时,月满西楼"二句,构成了一种望尽天涯、目断神迷的意境。

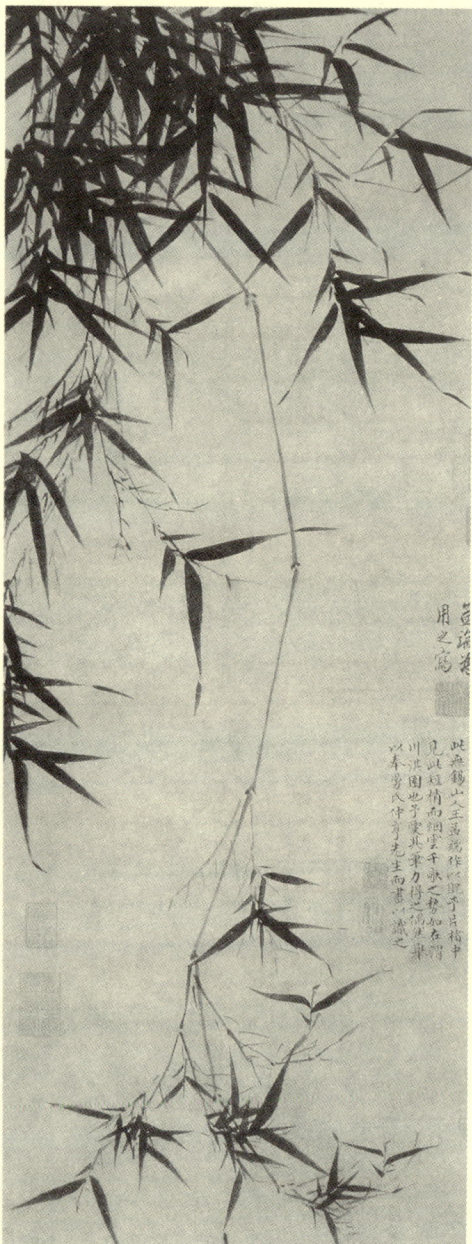

下片则是直抒相思与别愁。用浅显易懂的语言,表达了词人深切的相思之情。"花自飘零水自流",承上启下,词意不断。它既是即景,又兼比兴,其所展示的花落水流之景,是遥遥与上阕"红藕香残""独上兰舟"两句相呼应的;而其所指代的人生、年华、爱情、离别,则给人以凄凉无奈之恨。"一种相思,两处闲愁"二句,在写自己的相思之苦、闲愁之深的同时,由己身推想到对方,深知这种相思与闲愁不是单方面的,而是双方面的,以见两心之相印。这两句也是上阕"云中"句的补充和引申,说明尽管天长水远,锦书未来,而两地相思之情并无二致,足证双方情爱之笃与彼此信任之深。这两句既是分列的，又是合一的。合起来看，从"一种相思"到"两处闲愁"，是两情的分合与深化。其分合，表明此情是一而二、二而一的；其深化，则诉说此情已由"思"而化为"愁"。下句"此情无计可消除"，紧接这两句，正因人已分在两处，心已笼罩深愁，此情就当然难以排遣，而是"才下眉头，却上心头"了。

全词轻柔自然，缠绵悱恻，情感动人。"此情无计可消除，才下眉头，却上心头"更成为李清照的名句，让人称道。

孤雁儿·藤床纸帐朝眠起

【原典】

藤床纸帐朝眠起①，说不尽、无佳思。沉香断续玉炉寒，伴我情怀如水。笛声三弄，梅心惊破②，多少春情意。

小风疏雨萧萧地，又催下、千行泪。吹箫人去玉楼空③，肠断与谁同倚？一枝折得④，人间天上，没个人堪寄。

【注释】

①藤床：一种用藤条绷在木框上制成的床，轻便舒适。纸帐：用藤皮茧纸制成的帐子，稀布为顶，取其透气。

②梅心：指梅花的蓓蕾。

③吹箫人：喻知音者。这里的"吹箫人"是说箫史，比拟赵明诚。此典故出自《列仙传》。秦穆公时，有个人名叫萧史，善吹箫，箫声能将孔雀、白鹤吸引到院子里来。

④一枝：梅花的别名。南北朝诗人陆凯自江南寄梅花一枝给长安的范晔，并赠诗曰："折花逢驿使，寄与陇头人。江南无所有，聊赠一枝春。"后多以"一枝春"称梅。

【译文】

早晨在藤床纸帐的清雅环境中醒来，心情却无聊不佳。此时室内只有时断时续的熏香以及香灭了的玉炉相伴，内心的感觉如水一样凄凉孤寂。《梅花三弄》的笛曲吹开了枝头的梅花，春天虽然来临了，却引起了我无限的幽恨。

天空潇潇细雨下个不停，孤寂的感觉又催下斑斑泪水。明诚既逝，人去楼空，纵有梅花好景，又有谁与自己倚阑同赏呢？而今折下梅花，人间天上，四处寻遍，没有一个人可以寄赠。

【评解】

这首词明为咏梅，暗为悼亡，寄托了词人对于朝廷南迁后不久不幸病故的爱侣赵明诚的深挚感情和凄楚哀思。全词以"梅"为线索，其相思之情，被梅笛挑起，被梅心惊动；又因折梅无人共赏，无人堪寄而陷入无可排释的绵绵长恨之中。

上阕起句，"藤床纸帐朝眠起，说不尽、无佳思"。开门见山，倾诉孤寂无聊之苦。"伴我情怀如水"一句，把悲苦之情变成具体可感的形象。"笛声三弄，梅心惊破，多少春情意。"这里不仅以汉代横吹曲中的《梅花落》照应咏梅的主题，同时还联想到园中的梅花，如同一声笛曲，催开万树梅花，带来春的消息。可谓闻笛怀人，因梅思春。

下阕正面抒写悼念亡夫之情，词境由晴而雨，跌宕之中意脉相续。"小风"句，将外境与内心融为一体。门外细雨潇潇，下个不停；门内伊人枯坐，泪下千行。以雨催泪，以雨衬泪，写感情的变化，层次鲜明，步步开掘，愈写愈深刻；但为什么"无佳思"，为什么"情怀如水"和泪下千行，却没有言明。直至"吹箫人去玉楼空，肠断与谁同倚"，才点明怀念丈夫的主旨。"吹箫人去"用的是秦穆公女弄玉与其夫箫史的典故，借用这个美丽的神话，既暗示了她曾有过的夫唱妇随的幸福生活，又以"人去楼空"，倾诉了昔日欢乐已成梦幻的刻骨哀思。最后三句化用"折梅逢驿使，寄与陇头人。江南无所有，聊赠一枝春"之典，表达了深重的哀思。陆凯当年思念远在长安的友人范晔，曾折下梅花赋诗以赠。可是词人今天折下梅花，找遍人间天上，四处茫茫，没有一人可供寄赠。其中"人间天上"一语，写尽了寻觅苦；"没个人堪寄"，写尽了无奈抑郁的感伤。全词至此，戛然而止，而一曲哀音，却缭绕不绝。

该词以景衬情，将环境描写与心理刻画融为一体，营造出一种孤寂凄婉的意境，取得了感人至深的艺术效果。

玉楼春·红酥肯放琼苞碎

【原典】

红酥肯放琼苞碎①，探著南枝开遍未②？不知酝藉几多香③，但见包藏无限意。

道人憔悴春窗底④，闷损阑干愁不倚⑤。要来小酌便来休，未必明朝风不起。

【注释】

①红酥：指色泽红润的红梅。琼苞：花苞的美称。碎：绽放。

②南枝：借指梅花。

③酝藉：《汉书·薛广德传》："广德为人，温雅有酝藉。"意谓宽和有涵容。此指蕴含之意。

④道人：说道那人，此为词中主人公自称。《汉书·京房传》："道人始去。"颜师古注："道人，谓有道术之人也。"憔悴：困顿委靡的样子。

⑤闷损：烦闷。清蒲松龄《聊斋志异·辛十四娘》："生素不羁，向闭置庭中，颇觉闷损；忽逢剧饮，兴顿豪，无复萦念。"

【译文】

在春光雨露的滋润下，那红润如酥的梅花含苞绽放了。绕着梅树南侧向阳的一面行走，探看枝头的花朵开放了多少，是否已经全都绽出笑颜。说不清这梅花蕴藉着多少清香，只能看出每朵花儿的灿烂笑容，都含着春天般无限的深情。

任凭别人怎么说，我总会在春日的窗前孤单独坐，明知愁闷在心会损伤身体，也不想去空倚阑干。要想来一起饮酒赏梅的话便来吧，等到明天说不定会陡然起风呢。

【评解】

这是一首著名的咏梅词，不仅写活了梅花，而且生动地勾画出赏梅者虽愁闷却仍禁不住要赏梅的矛盾心态。

首句抓住梅花的特征，点明梅的色泽是红润如酥，晶莹似玉。以"红酥"比拟梅花花瓣宛如红色凝脂，以"琼苞"形容梅花花苞美好。"肯放"是"岂肯放"之意，用诘问语气，加强了红梅珍重迟开的神韵。"探著南枝开遍未"，便是暗指梅花未尽开放。初唐时李峤《梅》诗云："大庾敛寒光，南枝独早芳。""大庾"在江西、广东交界处，为五岭之一。张方注云："大庾岭上梅，南枝落，北枝开。"此言早梅如"南枝"或已遍开，而红梅犹含苞脉脉，似有所待，令人魄走魂驰，想见其馨香远播，悬知其芳意无穷。古典诗词以含蓄为美，含苞待放之花，富于"欲语还休"的韵致，加强鉴赏者的参与意识，用想象来补充、来创造花开时的美。

下片由咏梅转入赏梅。"道人"是词人的自称，意为学道之人。但面对红梅的含情未吐，未必不作"无限"之思。而春窗寂寞，对比之下，更使人难以为怀。故曰"憔悴"和"闷""愁"。"春窗"和"阑干"交代客观环境，表明她当时困顿在窗下，愁闷煞人，连阑干都懒得去倚。词末忽作旷达语。"休"，此当作"罢"字解。意谓要来对花小饮便快来罢，造化弄人，良辰难再，美景无多，自然气候的转换亦如人世的风云突变，未可预料。此时红梅方兴未艾，未必明朝不狂风折树，冷雨欺花，到那时，花落香消，岂不徒然令人心碎！此句隐含着莫错过大好时机且举杯遣怀的意味。

　　李清照词的忧患意识，常常通过风雨摧花表现出来。她早期词《如梦令》，即有"雨疏风骤"致使"绿肥红瘦"的忧思；又如"恨萧萧、无情风雨，夜来揉损琼肌"（《多丽·咏白菊》）；"知韵胜，难堪雨藉，不耐风揉"（《满庭芳·残梅》）。她晚年词的代表作《永遇乐》，在"染柳烟浓，吹梅笛怨"的盎然春意中，想到的也仍是"次第岂无风雨"。国破家亡，仓皇反复，颠沛流离的生活，在她的心上投下了浓重的阴影，这使得她无论对残梅还是未放之梅，总是忧心忡忡，唯恐美好的事物转瞬即逝。

长寿乐·南昌生日

李清照诗词全鉴

【原典】

微寒应候①。望日边，六叶阶蓂初秀②。爱景欲挂扶桑③，漏残银箭④，杓回摇斗⑤。庆高闳此际⑥，掌上一颗明珠剖。有令容淑质，归逢佳偶。到如今，昼锦满堂贵胄⑦。

荣耀，文步紫禁⑧，一一金章绿绶。更值棠棣连阴⑨，虎符熊轼，夹河分守。况青云咫尺⑩，朝暮重入承明后。看彩衣争献，兰羞玉酎⑪。祝千龄，借指松椿比寿⑫。

【注释】

①应候：该季节应有的气候。

②六叶阶蓂（míng）：传说中尧时的一种瑞草。

③爱景：和煦的阳光。扶桑：神话中的树木名，太阳栖息的地方。屈原《九歌·东君》："暾将出兮东方，照吾槛兮扶桑。"郭璞注："扶桑，木也。"

④漏残银箭：指天将晓。漏，漏壶，古代计时器，铜制有孔。

⑤杓（biāo）回摇斗：杓，指北斗第五、第六、第七颗星，又称斗柄。意为春天即将来临。

⑥高闳（hóng）：门庭高大，此指门第显贵。

⑦昼锦：意谓富贵还乡。《汉书·项籍传》："富贵不归故乡，如衣锦夜行。"此处或指韩琦所建昼锦堂。

⑧紫禁：比喻皇帝的居处，故称皇宫为紫禁。

⑨棠棣（dì）连阴：指兄弟皆为高官。

⑩青云咫尺：意谓不久即可高升。

⑪兰羞玉酎（zhòu）：指香美的食品。玉酎，指复酿的醇美之酒。

⑫松椿比寿：祝寿之辞。古人认为最长寿的两种树。

【译文】

天气微冷的时节，期盼着太阳早些升起，台阶前的蓂荚草已长出六片叶子了。冬天的太阳渐渐升起，天色快要破晓，春天即将来临。就在这时你（指寿星）出生在一个显赫的家庭，家中视你为掌上明珠。你拥有美丽端庄的容貌、贤淑善良的品性，嫁了一个好丈夫。到如今，你生活的昼锦堂已经是儿孙满堂，而且个个都是有出息的达官贵人了。

很荣耀啊，家庭的成员都进入了朝廷的中枢，一个个仕途通达。

可更喜的是你的两个儿子福荫不断，他们持虎符乘熊轼车，成为了地方太守。他们未来的前程不可限量，而且很快会得以高升，成为皇帝倚重的大臣。但见他们兄弟俩穿着彩衣纷纷上前向你拜寿，向你敬献美食和美酒。祝贺你长命百岁，寿比松椿。

【评解】

这首词是一首祝贺生日的应酬之作，寿主是一位贵妇。词人对寿星的家庭荣耀进行夸赞，字里行间透露出对寿星主人的敬意，以及对她两个儿子的夸赞和羡慕。

词的上半阕主要以白描手法直接讲述寿星本人及其家庭。其中"六叶阶蓂初秀"说明了寿星出生在初六日。接着就说她从小生活在一个有良好教育的家庭，在家庭里就像冬日的阳光和标志着春天来临的星斗，被视为掌上明珠。再接着赞美其美丽漂亮，贤惠善良，嫁了一个十分如意的丈夫。到如今，

儿孙满堂，且孩子都仕途通达。

词的下半阕重点写寿星的两个儿子。夸其人不如夸其子，词人深谙此道，用大量贴切的典故赞誉寿星的儿子。如"棠棣连阴""虎符熊轼""夹河分守""青云咫尺"。母亲听了别人这样夸赞自己的儿子，一定是笑逐颜开。

该词用典繁多，但自然生动，既典雅蕴藉，又丰富了词的内涵，表现了词人极高的语言和艺术技巧。

蝶恋花・上巳召亲族

【原典】

永夜恹恹欢意少①，空梦长安②，认取长安道。为报今年春色好，花光月影宜相照。

随意杯盘虽草草③，酒美梅酸④，恰称人怀抱⑤。醉里插花花莫笑，可怜春似人将老⑥。

【注释】

①恹恹（yān yān）：无精打采的样子。

②长安：原为汉唐故都，这里代指北宋都城汴京。

③杯盘：指酒食。草草：简单。

④梅酸：代指菜肴可口。梅是古代所必需的调味品。

⑤称：合适。怀抱：心意。

⑥可怜春似人将老：唐刘希夷《代悲白头翁》："年年岁岁花相似，岁岁年年人不同。"此句暗合此意。

【译文】

长夜漫漫让人提不起精神，心情郁郁寡欢，心中思念的京都长安只能在梦里见到，并且梦中还能认出那些熟悉的街道。为了报答眼下的好春色，花儿与月影也是交互辉映。

宴席简便随意，虽然菜肴很一般，酒的味道却很合口，一切都让人称心如意。喝醉了将花插在头上，花儿不要笑我，可怜春天也像插花的人一样即将老去。

【评解】

这是李清照的一首抒情词，为李清照生活安定时期召集亲族聚会饮宴后有感而作。但是美好的春光月色，意在消愁的酒宴，并未给词人带来欢快的心情，相反更勾起她对故国的深沉思念和旧家难归的惆怅。

上片首句"永夜恹恹欢意少"，开门见山，显现苍凉的意味。身处热闹的上巳节，但词人此时心情并不愉快，欢意甚少。"空梦长安，认取长安道"，写长夜辗转反侧，梦见汴京，抒写对汴京被占的哀思和沉痛。在梦中她还很熟悉汴京的道路，可以想见其忆念之切，但是一个"空"字，毕现失望之情。起首三句为全词定下基调。接着转折：在怡乐的酒宴中，发出"醉里插花花莫笑，可怜春似人将老"的悲叹，从而委婉曲折地表达了词人的忧国情怀和对人生的感慨。

　　全词蕴含着丰富的思想内容，深厚的感伤情绪，写得委婉曲折，层层深入而笔意浑成，具有长调铺叙的气势。写出了词人的国破家亡之恨，并寄寓着对国家社稷的赤子之情。

多丽·咏白菊

【原典】

小楼寒，夜长帘幕低垂。恨潇潇、无情风雨①，夜来揉损琼肌②。也不似、贵妃醉脸，也不似、孙寿愁眉③。韩令偷香④，徐娘傅粉⑤，莫将比拟未新奇。细看取⑥，屈平陶令，风韵正相宜。微风起，清芬酝藉⑦，不减酴醿⑧。

渐秋阑，雪清玉瘦，向人无限依依。似愁凝、汉皋解佩⑨，似泪洒、纨扇题诗⑩。朗月清风，浓烟暗雨，天教憔悴瘦芳姿⑪。纵爱惜，不知从此，留得几多时。人情好，何须更忆，泽畔东篱⑫。

【注释】

①潇潇：飒飒的风雨声。一作"萧萧"。

②琼肌：晶莹如玉的肌肤，喻菊花美似玉女。

③孙寿愁眉：孙寿，东汉权臣梁冀之妻，色美而善为妖态。《后汉书·梁冀传》写道："（孙寿）色美而善为妖态，作愁眉，啼妆，堕马髻，折腰步，龋齿笑，以为媚惑。"

④韩令偷香：像东晋的韩寿那样偷来奇香，指男女私通。

⑤徐娘傅粉：徐娘，南朝梁元帝的后妃徐昭佩。《南史·梁元帝徐妃传》："徐妃以帝眇一目，每知帝将至，必为半面妆以俟，帝见则大怒而出。"一说傅粉，系何晏之事。据说何晏"美姿仪而绝白"，仿佛敷了粉，人称"傅粉何郎"。

⑥看取：看着。取，语助词。

⑦酝藉（yùn jiè）：宽和有涵容。

⑧酴醿（tù mí）：又作荼蘼，落叶小灌木，专供观赏。

⑨汉皋（gāo）解佩：汉皋，山名，在今湖北省境内。此指郑交甫于楚地汉皋台下，遇到二位仙女解佩相赠的故事。

⑩纨（wán）扇题诗：指班婕妤写《团扇歌》。

⑪瘦：一作"度"。

⑫泽畔东篱：泽畔，指屈原流放时行吟泽畔，面色憔悴。东篱，指陶渊明。其《饮酒》诗："采菊东篱下，悠然见南山。"

【译文】

夜晚寒凉，虽然放下了帘幕，小楼上还是寒气逼人。可恨那潇潇的无情风雨，在夜里摧残着如玉的白菊。看那白菊，不似杨贵妃的红润脸庞，也不似孙寿的娇柔愁眉。韩令偷香，徐娘傅粉，他们的行径都不能拿来与白菊相比。细细看来，只有屈原和陶渊明这样的高洁之士，才能与白菊相提并论。微风吹起，白菊的清香，丝毫不逊色于淡雅的荼蘼花。

秋色将尽，白菊愈发显得素洁如玉，似乎向人流露出它依依惜别的情怀。你看它似忧愁凝聚，在汉皋解佩；似泪洒，于纨扇题诗。有时是明月清风，有时是浓雾秋雨，老天让白菊在日益憔悴中度尽芳姿。纵然我爱惜，也不知还能将它留下多久。世人如果都能懂得爱惜和欣赏，又何须再去追忆、强调屈原和陶渊明的爱菊呢？

【评解】

此为一首咏白菊的词篇。上片渲染了夜静寒寂的氛围，一个"恨"字承上启下，表现了孤居独处，良辰难再，以及对风雨摧花的敏锐的感受。菊花纤细，这里就用"揉损琼肌"来描写菊花的纤纤玉骨，同时还含有对人彻夜难眠、辗转反侧的呼应，故说恨风雨之无情。然后连用四个历史人物作比，说明白菊既不似杨妃之富贵丰腴，更不似孙寿之妖娆作态；其香幽远，不似韩寿之香异味袭人；其色莹白，不似徐娘之白，傅粉争妍。她是屈子所餐，陶潜所采。屈原《离骚》有"朝饮木兰之坠露兮，夕餐秋菊之落英"；陶渊明《饮酒》之五有"采菊东篱下，悠然见南山"。细赏此花，如对直臣高士，清芬蕴藉，不减于荼蘼。这正是作者所要肯定的实质。

下片开句"渐秋阑"，用一"渐"字表示时间推移，秋天已深，秋阑菊悴。"雪清玉瘦，向人无限依依"写出白菊似含深情，给人一种依依惜别的感觉。汉皋解珮，《列仙传》载郑交甫经过汉皋，看见两个少女，珮两珠。交甫向她们求珠，这两个少女就解下珍珠送给他。走不远，二女不见，珍珠也忽然失去。纨扇题诗，用班婕妤典。班婕妤，汉成帝妃，失宠后退居东宫，曾作《怨歌行》，以"秋扇见捐"自喻。这两个典说的都是得而复失，爱而遭弃的失落与悲哀。怅惘之情，融入朗月清风，浓烟暗雨之中，又通过这既清朗、又迷离的境界具象化。同时，它又暗示了，菊既不同流俗，就只能在此清幽高洁，又迷蒙暗淡之境中任芳姿憔悴。

　　词人不胜惜花、自惜之情，倒折出纵使怜爱之极，亦不能留花片时。情不能堪处，忽宕开作旷达语：只要人情自适其适，应时赏菊，且休忆他屈子忠贞，行吟泽畔；陶潜放逸，采菊东篱！

　　全词赞颂了白菊的容颜、风韵、香味、气质、精神，深有寄托。作者以白菊为喻，反映了词人纯洁的心志和高雅的人格。

凤凰台上忆吹箫·香冷金猊

香冷金猊①，被翻红浪，起来慵自梳头。任宝奁尘满②，日上帘钩。生怕离怀别苦，多少事，欲说还休。新来瘦，非干病酒，不是悲秋。

休休！这回去也，千万遍阳关，也则难留。念武陵人远③，烟锁秦楼。惟有楼前流水，应念我、终日凝眸④。凝眸处，从今又添，一段新愁。

【注释】

①金猊（ní）：涂成金色的狮形香炉。

②宝奁（lián）：贵重的镜匣。

③武陵：地名。这里被作者用来借指丈夫所去的地方。

④凝眸：注视。

【译文】

形状如狮的金色香炉里，熏香已经冷透，红色的锦被零乱在床头，如同波浪一般，我也无心整理。早晨起来，懒洋洋地连头都不想梳。任凭华贵的梳妆匣落满灰尘，也任凭早晨的日光照上帘钩。很怕离别的痛苦，有多少话想要对他倾诉，可刚要说又不忍开口。最近渐渐消瘦，不是因为喝多了酒，也不是因为深秋天气的影响。

算了罢，算了罢，这次他必须要走，哪怕唱上千万遍《阳关》离别曲，也难以将他挽留。想到心上人就要远行，剩下我独守空楼。只有那楼前的流水，应顾念着我，映照着我整天注目凝眸。就在凝眸远眺的时候，从今而后，又平添了日日思念盼归的新愁。

【评解】

这是一首描写离愁别苦的作品。词人以曲折含蓄的口吻，表达了思念丈夫的深婉细腻的感情。

上片从描摹词中女主人公的举止神态写起，形象地表现了其复杂的心境。主要表达了三层意思：一是慵怠无力。香消烟冷，无心再焚；床上锦被乱陈，无心折叠；鬘鬟蓬松，无心梳理等。二是内心愁苦。"生怕离怀别苦，多少事，欲说还休"，丈夫临走前，本来有许许多多的心事待向他诉说，可是一想到说出来会增添他的烦恼，会影响他的行程，所以话到嘴边又咽了回去，甘愿把痛苦埋藏在心底，由自己默默忍受，更可见对丈夫的挚爱深情。三是容颜消瘦。"新来瘦，非干病酒，不是悲秋"，写近来自己因离别而日渐消瘦，但却不直接说出，含蓄蕴藉。

下片进一步揭示了女主人公难言的痛楚。开头一句采用叠字以加重语气，极尽词人留人不住的失望之情，"千万遍阳关，也则难留"，离歌唱了千千遍，终是难留，惜别之情，跃然纸上。通过刻画主人公独倚楼头，含情凝眸的神情，抒写了伉俪情深和相思之苦。

这首词层层渲染离愁，节奏加快，格局之间的衔接却恰到好处，让感情逐层升华。虽用典，却不难理解，由浅入深，舒卷自如，具有感人的艺术魅力。

好事近·风定落花深

【原典】

风定落花深①，帘外拥红堆雪②。长记海棠开后，正是伤春时节。

酒阑歌罢玉尊空③，青缸暗明灭④。魂梦不堪幽怨⑤，更一声啼鴂⑥。

【注释】

①风定：风停息下来。深：厚。唐张泌《惜花》："蝶散莺啼尚数枝，日斜风定更离披。"

②拥红堆雪：落红的花瓣如雪一般堆集起来。

③酒阑（lán）：酒将喝完。宋李冠《蝶恋花》"愁破酒阑闺梦熟，月斜窗外风敲竹。"玉尊：原指玉制的酒器，后泛指精美贵重的酒杯。

④青缸：青灯。暗明灭：灯光忽明忽暗。

⑤幽怨：潜藏在心里的怨恨。南朝梁刘令娴《春闺怨》："欲知幽怨多，春闺深且暮。"

⑥鴂（jué）：一种鸟，即鹈鴂。《汉书·扬雄传》注："鹈鴂，一名子规，一名杜鹃，常以立夏鸣，鸣则众芳皆歇。"词中"一声啼鴂"意

指春天来临。

【译文】

风停息了，庭院中飘落了厚厚的一层花。可以猜想到窗帘之外，落红的花瓣已如雪成堆。记得海棠花开过后，正是伤春时节。

酒宴散去，欢愉不在。唯有灯火忽明忽暗地闪烁，乃至熄灭。梦中的愁怨自难消受，更传来鹈鴂送春的啼叫声。

【评解】

这是一首伤春词，抒写的是伤春心绪及对丈夫的怀念之情。

上片由景生情，侧重慨叹落花而伤春。起句"风定落花深，帘外拥红堆雪"，词人由风住，即断定"帘外"定然是落花遍地，如雪堆积，表现了词人的敏感与对美好事物的关注之情。词人对落花给予极大关注，在其潜意识中，多少带有以之自况的成分。首二句虽为状物，但伤感之情已油然而生。"长记海棠开后，正是伤春时节"二句，词人的回忆闸门被打开，但并未对往事的具体内容进行陈述，只是说此海棠花落之时，亦是自己的伤春时节。"长记"，即常记，说明以往的"伤春时节"之事，常萦绕于心。

下片则是对独处闺房、孤寂苦闷生活的描绘。"酒阑歌罢玉尊空，青缸暗明灭"，词人在这里并没有直言其如何的孤寂、愁苦，但通过酒阑、歌罢、空的酒杯，以及忽明忽暗的油灯衬托，凄清空冷的氛围也就不言自明了。"魂梦不堪幽怨，更一声啼鴂"，白天词人是惜花伤时，夜晚则借酒浇愁愁更愁，想在梦中得到一丝慰藉，然而凄厉的鸟叫声打破梦境，更增添了悲怆，令人有断肠之痛。

这首词抒写的是伤春凄苦之情，但词人并没有正面来抒发情感，而是通过室内外景物的刻画，把自己的凄情浓愁寄寓其中，因而全词读来，更感其情深沉凝重。

转调满庭芳·芳草池塘

李清照诗词全鉴

【原典】

芳草池塘①，绿阴庭院，晚晴寒透窗纱。玉钩金锁②，管是客来咇③。寂寞尊前席上，唯愁海角天涯④。能留否？酴醾落尽⑤，犹赖有梨花。

当年曾胜赏⑥，生香熏袖，活火分茶。极目犹龙骄马，流水轻车。不怕风狂雨骤，恰才称，煮酒笺花⑦。如今也，不成怀抱，得似旧时那？

【注释】

①芳草：香草，一种能散发芬芳香气的植物。此处词人以芳草自喻，有忠贞贤德之意。

②玉钩：新月。唐李白《挂席江上待月有怀》诗："倏忽城西郭，青天悬玉钩。"

③管是：必定是，多半是。咇：语气词，相当于现在的"啊"。

④海角天涯：偏僻遥远的地方。这里借指被沦陷后由金统治的大好河山。

⑤酴醾：本是酒名，这里指花名。以花颜色似之，故取以为名。

宋陆游《东阳观酴醾》诗："福州正月把离杯，已见酴醾压架开。"

⑥胜：优美之意。

⑦笺花：比喻美妙的词章。唐李元纮《奉和圣制送张说上集贤学士赐宴》："馔玉趋丹禁，笺花降紫墀。"

【译文】

池塘边芳草鲜美，庭院中绿荫覆盖，晴朗的傍晚，有丝丝寒意透进薄薄的窗纱。弯弯的月牙点亮夜空，门上的金锁静静低垂。如若往日，必定是有朋友来啊，我们一起赏月，浅酌低唱。面对席上佳肴，总觉得少了些什么。寂寞重重，万分孤寂，叫人难以释怀，不去想它！荼蘼花谢了，满地飘落，幸好还有梨花开放。

当年曾经美好的地方，赏心悦目，淡淡的花香熏衣袖，守着火炉，等水沸腾，给友人沏茶。走在大街上，看那繁华的都市，车如流水马龙。哪管外面狂风骤雨，一样才思涌动，煮酒赋新词。而如今，物是今非，不敢念想那些美好的时光。

【评解】

这首词约为宋绍兴七年（1137）定居杭州时所作。词人通过回忆当年的"胜赏"，将过去的美好生活和今日的凄凉憔悴作对比，寄托了故国之思。

上片写暮春月夜亲友宴聚的情景。起句"芳草""绿阴"，点出春末夏初的典型景物，"晚晴寒透"，意为景虽好然心绪却清冷孤寂。"玉钩金锁"，如同牢笼，即使有客来，仍觉席上"寂寞"。其远离故乡如同在"海角天涯"而愁苦难熬。短短数语，以不加修饰的白描，口语化的信手拈来，浑然天成，凄凉憔悴之处境，让人不忍卒读。"能留否"之问，回答是只能留，因为北方还在金人铁蹄下。而杭州虽然荼蘼花落，但还有梨花聊以慰藉。这一问句的形式和慨叹的语气，更将词人孤寂无依的心境表现得曲折凄婉、深切动人。

下片过渡到对往昔的怀念。词人自然怀念起"当年"南渡前在汴京无忧无虑的日子，忆甜而思苦。那时曾出游观赏，活火烹茶，轻松悠闲；更见车水马龙，享尽繁华；即使遇到风雨，还可煮酒吟花，风雅之至。当年的赏心乐事，终生难忘，可惜"当年"与"如今"，已是天壤之别，如今的日子不值一提。词人失落之感洋溢字里行间。结尾之句，更使人感到怀念而无奈，令人沉思。

满庭芳·小阁藏春

【原典】

小阁藏春，闲窗锁昼，画堂无限深幽。篆香烧尽①，日影下帘钩②。手种江梅更好③，又何必、临水登楼④。无人到，寂寥浑似，何逊在扬州⑤。

从来，知韵胜⑥，难堪雨藉⑦，不耐风揉。更谁家横笛⑧，吹动浓愁。莫恨香消雪减，须信道、扫迹情留。难言处，良宵淡月，疏影尚风流⑨。

【注释】

①篆香：对盘香的喻称。

②帘钩：卷帘用的钩子。唐王昌龄《青楼怨》诗："肠断关山不解说，依依残月下帘钩。"

③江梅：一种野生梅花。

④临水登楼：语出王粲《登楼赋》"登兹楼以四望兮，聊暇日以销忧"之句。

⑤何逊：南朝梁代诗人。

⑥韵胜：高雅美好。

⑦雨藉：被雨侵害。

⑧横笛：汉横吹曲中有《梅花落》。

⑨疏影：指梅花。北宋诗人林逋《山园小梅》诗："疏影横斜水清浅，暗香浮动月黄昏。"

【译文】

小阁楼里好似春天一样，平常不用的窗子关闭着，将白昼都隔在了外面，走在画廊里，感到非常深幽。盘香燃尽了，日影移至帘箔，才发现黄昏将近。我喜爱梅花，自己种的江梅更好，何必要再临水登楼地去赏梅呢。没有人来找我谈话聊天，在寂寥清冷的环境里独自面对梅花，就好像当年何逊在扬州对花彷徨一般。

人们向来称赞梅花具有倔傲的品性，不过它毕竟是花，仍有着花的娇弱，因而还是难以禁受风雨践踏摧残的。又是谁吹起横笛曲《梅花落》，吹起了我的感伤愁绪。不要怨恨暗香消失，落花似雪，要相信，虽然梅花踪迹难寻，但它情意长在。有很多话难以说出，多想在一个月光淡淡的夜晚，投下梅枝横斜的优美姿影，从这姿影里还能显示出梅花俊俏的风韵。

【评解】

这是一首咏梅词，大多认为是李清照前期的作品。词人咏残梅以自比，是她当时生活、感情的真实写照，并充分显示了她孤高清傲，不同流俗的性格特征。

词的开头似乎与咏梅无关，但却描述了一个特殊的抒情环境，写出了寂寞无聊的氛围。阁小，窗闲，春藏，昼锁，这是突出深、静的典型词境。这是一个狭小而深邃的、自我封闭的空间，它形象地具现了词人那情感隐蔽而又丰富的内心世界。篆香是一种古时的高级盘香。它的烧尽，表示整日的时光已经流逝，而日影移上帘箔即说明黄昏将近。"手种江梅更好"是词意的转折，开始进入咏物。黄昏临近之时，女主人公于室外见到亲手种植的江梅，忽然产生一种欣慰。欣赏"手种江梅"，又会有许多对往事的联想，因而没有必要再临水登楼赏玩风月了。除了对梅花的特殊情感之外，词人似乎心情慵倦，对应赏玩的景物都失去了兴致。接着由赏梅联想到南朝诗人何逊恋梅之事，词意开始向借物抒情方面过渡，渐渐接近词作主旨。何逊，南朝梁著名文学家，其《扬州早梅》诗有"应知早飘落，故逐上春来"之句，情辞宛转，诗意隽美，深为后来的大诗人杜甫赞赏。人们在写到梅花时，常用何逊典。如杜甫《和裴迪登蜀州东亭送客逢早梅相忆见寄》诗，也有"东阁官梅动诗兴，还如何逊在扬州"之句。何逊对

梅花的一片痴情是其寂寞苦闷的心情附着所致，按照词人的理解，何逊在扬州是寂寥的。如今在寂寥环境中独自面对梅花，李清照亦产生了"何逊在扬州"般的寂寞与苦闷。

下片从赏梅写到赞梅、惜梅。"从来，知韵胜"，是她给予梅花整体的赞语。"韵"是风韵、神韵，是形态与品格美的结合。梅花是当得起"韵胜"的，词人肯定了这一点之后，却不再多说，转笔来写它的不幸，发现它零落后别有一番格调意趣。"藉"与"揉"也是互文见义，有践踏摧损之意。梅虽不畏寒冷霜雪，但它毕竟是花，仍具花之娇弱特性，因而也难以禁受风雨的践踏摧损。这是花的命运。由落梅的命运，词人产生各种联想，词意呈现很曲折的状态。"横笛"数句，由形而声，用《梅花落》的曲调来渲染由梅花引起的由物及人的联想。于是由"惜"而"愁"，由"愁"而"恨"，恨人世间美好的事物总是匆匆消逝。但字面上词人偏不说恨，而说"莫恨"，用自宽自解的口气，相信纵使梅花香消雪减，落英无迹，但是它的清韵高格，将长留人心。结末"良宵淡月，疏影尚风流"为精警之语，突出了梅花格调的高雅，远非徒以韵胜者可比拟了。由此使全词的思想达到了一个新高度。

纵览全词，词意深婉曲折，语言轻巧清新，音调低沉谐美，写尽了词人在冷清寂寞的环境中所产生的深切感伤之情。

南歌子·天上星河转

【原典】

天上星河转①，人间帘幕垂。凉生枕簟泪痕滋②。起解罗衣聊问、夜何其③。

翠贴莲蓬小④，金销藕叶稀⑤。旧时天气旧时衣。只有情怀不似、旧家时⑥。

【注释】

①星河：银河，到秋天转向东南。

②枕簟（diàn）：泛指卧具。簟，竹席。

③夜何其：《诗经·小雅·庭燎》"夜如何其？夜未央。"即夜已经到了什么时候了？其，语助词。

④翠贴：即贴翠，用翠羽贴成各种花样，为服饰工艺。

⑤金销：即销金，用金线绣花样，为服饰工艺。

⑥情怀：心情。旧家：从前。《诗词曲语辞汇释》卷六："旧家犹言从前，家为估量之辞。"其所引例中即有此句。

【译文】

天空中银河转动、星移斗转，人世间的帘幕却一动不动地低低下垂。枕席变凉，凄清的泪水流湿一片。这秋夜的清寂与清寒真是难耐，起身解衣而睡，向他人问起夜已几何。

这件穿了多年的罗衣，用青绿色的丝线绣成的莲蓬图案已经变小；用金线绣制的荷叶颜色减退、变得单薄而稀疏。每到秋凉的时候，还总是穿上这件罗衣。只是经历了沧桑，心情不再和从前一样了。

【评解】

此词描写闺怨，真切细致地表现了词人对特定环境的感受、对生活变迁的痛切情绪。全词有凝练精巧之语句，而以寻常言语入词则为其最感人之处。

上片由景及事。开头"天上星河转，人间帘幕垂"之句，是说夜深；以对句作景语起，将深情的意味熔铸其中。"星河转"谓银河转动，一"转"字说明时间流动，而且是颇长的一个跨度；在深夜对此关注，则可知夜里无眠。"人间帘幕垂"，言闺房中密帘遮护。"天上""人间"对举，就有"人天远隔"的含意，分量顿时沉重起来，似乎其中有沉哀欲诉，词一起笔就先声夺人。此词直述夫妻死别之悲怆，字面上虽似平静无波，内中则暗流汹涌。"凉生枕簟泪痕滋"一句，不单是说秋夜天气冷，竹席凉，而是将凄苦悲寂之情移于物象。"起解罗衣聊问、夜何其"，原本是和衣而卧，到此解衣欲睡。但要睡的时间已经是很晚了，开首的"星河转"已有暗示，这里"聊问、夜何其"更明言之。"聊问"是自己心下估量，此句状写词人情态。情状已出，心事亦露，词转入下片。

下片睹物感怀。"翠贴莲蓬小，金销藕叶稀"，接应上片结句"罗衣"，此句描绘已穿着多年的衣服上的花绣和颜色。"翠贴""金销"皆倒装，是贴翠和销金的两种工艺，即以翠羽贴成莲蓬样，以金线嵌绣莲叶纹。这是贵妇人的衣裳，词人一直保存和穿着。此夜又端详在目，不由想起悠悠往事，引发种种思绪和感慨。结尾二句"旧时天气旧时衣。只有情怀不似、旧家时"蕴藏着太多的内容和感情成分，三个"旧"字的运用，对人生最深层心灵创伤展露无余，对饱经磨难的沧桑岁月发出了深沉的叹息。

这首词工稳凝练，于平易中呈现隽永的意味，读来感人至深。

清平乐·年年雪里

【原典】

年年雪里，常插梅花醉，挼尽梅花无好意①，赢得满衣清泪②！
今年海角天涯，萧萧两鬓生华③。看取晚来风势④，故应难看梅花。

【注释】

①挼（ruó）：两手揉搓。晏几道《玉楼春》词曰："手挼梅蕊寻香径，正是佳期期未定。"

②赢得：落得。清泪：悲伤的眼泪。

③萧萧两鬓生华：头发花白稀疏的样子。

④看取：观察之意。

【译文】

回想小时候每年下雪时，我都会沉醉在插梅花的兴致中。后来虽然梅枝在手，却没有好的心情去赏玩，只是漫不经心地两手揉搓，并不觉泪水沾满了衣裳。

今年梅花又绽放了，我却只身一人飘零在偏远的地方，年岁迟暮头发也斑白了。看那晚来风疾吹打着开放的梅花，也难以再看到它的绚烂了。

【评解】

这首词是李清照晚年所作，是一首典型的赏梅词作。词的上片为忆旧，下片为伤今。词人借赏梅自叹身世，并截取早年、中年、晚年三个不同时期赏梅的典型画面，深刻地表现了自己少年的欢乐，中年的幽怨，晚年的沧落。

"年年雪里，常插梅花醉"写了词人早年陶醉于赏梅。这两句抓住富有特征的生活细节，生动地再现了词人早年赏梅的情景和兴致，表现出少女的纯真、欢乐和闲适。

接下来"挼尽梅花无好意，赢得满衣清泪"两句，写了词人中年在赏梅时伤心流泪。早年插梅，常常醉心，而今赏梅，滋味别样，心绪显然不同，当为丧偶之后。虽然梅枝在手，却无好心情去赏玩，只是漫不经心地揉搓着。赏梅原本是想排解忧伤，然而非但没能排解消忧，反倒触景生情，愈发激起伤感。花还是昔日的花，然而花相似，

人不同，物是人非，不禁使人伤心落泪。

最后"看取晚来风势，故应难看梅花"则写了词人晚年没有心思赏梅。前面句中的"生华"意为生长白发。词人漂泊天涯，远离故土，年华飞逝，两鬓斑白，与上片第二句所描写的梅花簪发的女性形象遥相对照。结尾又扣住赏梅，道出"故应难看梅花"。当她看到晚来风急，就知道梅花要惨遭零落的命运了，又哪有心情再去踏雪寻梅。结句看似平淡，却意味深长，这是对迟暮人生的写照，也是对国事失望的悲叹和隐喻。

该词以平淡简洁的语言表达了深深的意蕴，运用白描和对比手法，刻画出鲜明的人物形象，构思精巧，质朴感人。

庆清朝·禁幄低张

【原典】

禁幄低张①，彤阑巧护②，就中独占残春。容华淡伫③，绰约俱见天真④。待得群花过后，一番风露晓妆新。妖娆艳态，妒风笑月，长殢东君⑤。

东城边，南陌上⑥，正日烘池馆，竞走香轮。绮筵散日，谁人可继芳尘⑦。更好明光宫殿⑧，几枝先近日边匀⑨。金尊倒⑩，拚了尽烛，不管黄昏。

【注释】

①禁幄：指护花的帷幕。幄，帐幕。

②彤阑：红色的栏杆。

③容华淡伫：容华，美好的容貌。伫，久立。这里以之形容花色淡雅。

④绰约：形容女子姿态之美。

⑤殢（tì）：滞留，停滞。

⑥陌：泛指田间小路。

⑦芳尘：落花后化为尘，故以此指落花。

⑧明光宫殿：汉代宫殿名。明光殿，《三辅黄图》卷二云："未央宫渐台西有桂宫，中有明光殿，皆金玉珠玑为帘箔，处处明月珠，金陛玉阶，昼夜光明。"这里借指北宋汴京的宫殿。

⑨日边：太阳的旁边。这里比喻在帝王左右。

⑩金尊：酒樽的美称。

【译文】

宫禁中的护花帷幕低低地垂挂，红色的栏杆精巧地围护。暮春之中一种独占风光的名花被精心保护。花色淡雅柔美，朵朵都呈现出天公造化的美丽。等到其他的春花开放之后，经历了春风吹拂、春雨滋润的这种名花，仿佛成了晓妆新颜的美人，带给人无限清新。它以无比娇媚的姿态，引风撩月，尽情地引逗着司管春天的神君。

看那东城边，以及南边田间小路，到处都是观花人。人们根本不管太阳烤晒池馆，仍然是竞相奔走，车水马龙。在这观赏牡丹的兴盛之日结束之后，又有什么花可以继之而来，散发出美好的芳香呢？最迷人的是在这明光宫苑内，有几枝向阳的牡丹正在竞芳吐艳。对着花儿观赏痛饮吧，别管它黄昏到来，燃尽残蜡也无妨。

【评解】

这是一首观赏牡丹的赏花词，通过牡丹盛开之时场面的描摹和词人与同游者对花举杯，写出了人们对牡丹花的爱怜，并通过牡丹花开的别样风情，寄托了珍惜生命，珍惜美好事物的情怀。

上片着重写牡丹的雍容华贵。起笔，"禁幄低张，彤阑巧护"，写花却先不从花色落笔，而是写牡丹的高贵和人们对它的爱护，让人感受其与众不同的气质。"就中独占残春"句，给人以猜想，它究竟有何等的风姿呢？词人并不具体去描摹，只是漫不经心地一笔带过，该花淡雅挺立，姿态柔美，即"容华淡伫，绰约俱见天真"。不写其压倒众芳的娇艳，也不写香冠群芳的香气，真乃用笔绝妙！"待得群花过后，一番风露晓妆新"二句，对牡丹发出了由衷的赞美，群芳凋零，我独芬芳。"妖娆艳态，妒风笑月，长殢东君"三句，更进一步勾画花态、花情，在层层铺叙中，把静静开放的牡丹写成了顾盼生辉、倾国倾城的绝代佳人，尽显了牡丹的神韵。

下片围绕观赏牡丹的情形着笔。"东城边，南陌上，正日烘池

馆，竞走香轮"，表明观赏人遍及城内外，尽管太阳炽热烤晒，仍然是人来人往，川流不息。"香轮"，指游春踏花的车子，醉人的花香足可染透车轮，是夸张之词。"绮筵散日，谁人可继芳尘"之句，表明一边观赏的同时，一边不由生出了一种担心，在牡丹盛开之后，还有什么花可以继它之后，散发出诱人的芳香呢？词人在沉醉于盛开的牡丹之时，忽又感伤起没有不凋的花朵，也没有不散的筵席。词人并未一味地沉醉在热闹之中，而是有着更缜密的心思，这何尝不是对生命的感悟。"更好明光宫殿，几枝先近日边匀"，是说最迷人的是在这明光宫苑内，有几枝向阳的牡丹正在竞芳吐艳；言外之意，背阴处的牡丹也将次第开放，倒足可再挽留住一段赏花春光。既然春光尚能留驻，又何须自寻烦恼，负此良时。结尾"金尊倒，拚了尽烛，不管黄昏"几句，感伤之中又劝慰放达，不妨对着花儿痛痛快快地畅饮沉醉吧，任凭黄昏黑夜的到来。这里蕴含着几多"借酒浇愁"的豪情。

该词笔调生动，风格含蓄，值得细细品味。

瑞鹧鸪·双银杏

【原典】

风韵雍容未甚都①，尊前甘橘可为奴②。谁怜流落江湖上，玉骨冰肌未肯枯③。

谁教并蒂连枝摘，醉后明皇倚太真④。居士擘开真有意，要吟风味两家新。

【注释】

①风韵：风致韵味。都：姣好，美盛。

②甘橘可为奴：甘橘别称木奴。银杏，又名白果，其树为高大乔木，名公孙树，又称帝王树；叶呈扇面形，因果实形似小杏，而硬皮及核肉均呈淡白色，故呼为银杏；其味甘而清香可食，起滋补药用。

③玉骨冰肌：清澈高洁。

④明皇倚太真：唐明皇与杨贵妃。

【译文】

银杏仪态温雅、端庄大方，虽不算特别美丽，但与酒杯前的甘橘相比，甘橘只能称奴婢。有谁怜悯过它风雨飘零呢？其实它拥有清澈高洁的秉性。

是谁让把并蒂连枝的双银杏摘下来，使人仿佛看到醉酒的唐明皇依在杨贵妃的身上。我亲手将两枚洁白鲜亮的银杏掰开，要吟颂它的一番滋味。

【评解】

本词是一首假物咏情词，词人借双银杏的命运来表达自己与丈夫两地分居的苦痛，对双银杏的赞美实则是对坚贞爱情的歌咏，但在"连枝摘"之中又流露出两地相思不相见的苦痛。全词哀而不伤，却无处不蕴含词人对丈夫的思念之情。

上片开始先咏物以寄兴，并采取"先声夺人"的写法，以起不同凡响的效果。"风韵雍容未甚都，尊前甘橘可为奴"，意思是这银杏的风姿气韵、整个形体都不很起眼，但是较之樽前黄澄澄的柑橘来说，柑橘却只堪称奴婢。词人运用对比的手法，描写柑橘在双银杏面前只能成为奴隶，表达作者对银杏的偏爱与赞美。"谁怜流落江湖上，玉骨冰肌未肯枯"，这枝双蒂银杏被人采下，永离高大茂密的树干，成为人们的盘中之果，采摘的人自然不会怜它，那么有谁怜它呢？看到它那圆浑、洁白、虽离枝而不肯枯萎的形状，激起了词人的无限怜爱与自伤。"玉骨冰肌"，是将银杏拟人化，言其表里俱佳，有高洁澄澈的品性。

下片采取了虚实相间的写法。"谁教并蒂连枝摘，醉后明皇倚太真。"前句写实，后句联想，一实一虚，有明有暗。这二句是借典寓意，表现出"在天愿作比翼鸟，在地愿为连理枝"的情意。结尾句"居士擘开真有意，要吟风味两家新"以谐声之妙显其精到。"居士"，词人谓易安居士。她亲手将两枚洁白鲜亮的银杏掰开，夫妻二人一人一颗，情真意切。要吟颂它的滋味如何，是否清纯香美，答案深深地蕴藏在两人的心底。

全词哀而不伤，但通读全词后却能给人一种发自内心的忧愁与无奈之感。

诉衷情·夜来沉醉卸妆迟

【原典】

夜来沉醉卸妆迟①，梅萼插残枝②。酒醒熏破春睡，梦远不成归③。人悄悄，月依依。翠帘垂④。更挼残蕊⑤，更捻余香⑥，更得些时。

【注释】

①沉醉：大醉。

②梅萼：梅的萼片，此处代指梅。萼，花瓣下部托起花朵的叶状绿色小片。

③远：《花草粹编》作"断"。

④翠帘：精美的绿色帘幕。唐韦庄《谒金门》词："楼外翠帘高轴，倚遍阑干几曲？"元代杨维桢《铜雀曲》："帐中歌吹作，玉座翠帘曛。"

⑤更：又。柳永《雨霖铃·寒蝉凄切》："便纵有千种风情，更与何人说。"挼：揉搓。

⑥捻：用手指搓转，其揉搓程度比"挼"更进一层。

【译文】

　　早春的一个夜晚，我带着深重的醉意回到卧室，脸上的粉脂和身上的衣服没来得及卸去，便倒头而睡。插在发际的梅花也因蹭磨而成为梅萼残枝，但越发幽香。酒意渐渐消退，清幽的芳香不断袭来，让我从睡梦中醒来。梅香扰断了我的好梦，使我无法在梦境中回到北国故乡。

　　夜深人静，月光依依，窗上的帘幕低低地垂挂着。孤寂与凄清中，我思绪万千，无法入睡，只好随手摘下鬓间的梅枝，无聊地反复揉弄、搓转，独自无言地等待天明。

【评解】

此词是李清照南渡后的作品，抒写了女词人对远游丈夫的绵绵情思。一个沉醉之后的佳梦被惊醒的情节，一种梦醒后怅然若失的心态，是该词的主要内容。

上片写词人醉眠后，夜来佳梦，字字含蓄。从"沉醉"一词可以窥见词人饮酒之多和心绪纷乱。"迟"字透露出了沉醉的程度，心情的抑郁和倦怠的状态。"熏破"二字，通过嗅觉强调出梅香的浓烈。春困又加沉醉，所以睡得一定很甜；梦中得归故乡，所以心情暂时很美。然而"梦远不成归"，词人以埋怨的笔调，责怪梅香太浓，打断了自己的美梦，集中表现了词人强烈的思乡怀人之情，欲归不得之苦。

下片以环境为衬托，写词人醒来后，依托于梅花的百无聊赖的心绪。"人悄悄，月依依"是对偶句。孤独一人，中夜不寐，故觉"悄悄"；皓月缓缓移动，含情脉脉，故曰"依依"。"翠帘垂"在描写客观物态中，更增加几分静谧。一个"垂"字更增加了夜的沉寂。"挼""捻"的连续动作，用得非常精当妥帖，细腻地表现了女性孤寂沉吟之间的下意识动作，突显了词人百无聊赖的心理以及相思之情的深沉。"更得些时"作为结语，如丝如缕，余音袅袅，使女主人公复杂纠结的心绪更加延伸。

词人用寥寥的几句话，写出了种种含蓄的活动及复杂曲折的心理，惟妙惟肖。成功的心理刻画使人物形象栩栩如生，令人叹服。

摊破浣溪沙·揉破黄金万点轻

【原典】

揉破黄金万点轻①，剪成碧玉叶层层②。风度精神如彦辅③，太鲜明。

梅蕊重重何俗甚④，丁香千结苦粗生⑤。熏透愁人千里梦⑥，却无情。

【注释】

①揉破黄金万点轻：形容桂花色彩的星星点点。

②剪成碧玉叶层层：桂叶层层有如用碧玉裁制而成。"剪成"化用唐贺知章《咏柳》诗"不知细叶谁裁出，二月春风似剪刀"之意。

③彦辅：指西晋名士乐广，字彦辅。

④何俗甚：俗不可耐。

⑤丁香千结：丁香花盛开时花朵密密匝匝的样子。苦粗：不舒展，低俗而不可爱的意思。毛文锡《更漏子》："庭下丁香千结。"

⑥熏透：即被桂花香熏醒。透，醒。

【译文】

桂花那灿烂的金色和碧玉一般如刀裁似的层层绿叶，轻柔雅致，其"风度精神"如同晋代名士彦辅一样风流飘逸，名重于时。

梅花那重重叠叠的花瓣儿，就像一个热衷打扮的女子使人感到俗气；丁香花密密匝匝地拥结在一起，显得杂乱而不舒展。桂花的浓香把我从回忆的梦中熏醒，不让我怀念过去，这未免太无情了。

【评解】

此词是一首咏桂花的作品。一般来说，在群花之中，桂花的容貌并不起眼，但在词人的笔下，其姿容绝非一般。词中赞美了桂花金黄的色泽，轻而小的花朵，层层的碧叶，沁人心脾的芳香。词人通过对桂花形象的描写，赞扬了其精神、风度、气质、品格，借以称颂如同彦辅一样的人，给人以清新优雅的感觉。

上片伊始"揉破黄金万点轻，剪成碧玉叶层层"两句，便如抖开了一幅令人心醉神迷的画卷，那黄金揉破后化成的万点米粒状的耀眼金花，那碧玉剪出的重重叠叠的千层翠叶，若非清香流溢追魂十里的月中丹桂，更无别花可堪比拟。桂花的花朵娇小无比，自不以妖艳丰满取胜，词人紧紧抓住的是它的金玉之质，笔触显得深刻、自然、贴切、生动。接下来"风度精神如彦辅，太鲜明"，用拟人的手法，激活桂花的品性与特性。彦辅，即西晋时的名士乐广。据史料记载，乐广为人"神姿朗彻""性冲约""寡嗜欲"，被时人誉为"此人之水镜也，见之莹然，若披云雾而睹青天也"。于此可见乐彦辅之倜傥非常，让人崇敬有加。

下片起始"梅蕊重重何俗甚，丁香千结苦粗生"。寒梅、丁香均为世人所深爱。尤其是傲霜凌雪的梅花，词人在过往的诗词中多次赞美其高洁傲世的精神以及挺拔的形象。但这里，将其与桂花作比，就显其平庸俗艳；而丁香密密匝匝地挤成一堆，也只能给人粗糙之感，这是一种抑彼而扬此的艺术手法。结尾句"熏透愁人千里梦，却无情"，"熏透"一词，虽不涉及"香"字，但桂花的馥郁气息已弥散在字里行间；"愁"字，写出了观花者思念远隔千里的心上人的一腔幽怨。

这首词运用多种修辞手法来描写桂花，寄托感情，可谓灵活多变，生动鲜明，形神俱佳。

摊破浣溪沙·病起萧萧两鬓华

【原典】

病起萧萧两鬓华①，卧看残月上窗纱。豆蔻连梢煎熟水②，莫分茶③。

枕上诗书闲处好，门前风景雨来佳。终日向人多酝藉④，木犀花⑤。

【注释】

①萧萧：形容鬓发花白稀疏。

②豆蔻：多年生草本植物，开淡黄色花，果实种子可入药，性温辛，能去寒湿。

③分茶：宋人一种巧妙高雅的茶戏。宋杨万里《澹庵座上观显上人分茶》诗："分茶何似煮茶好，煎茶不似分茶巧。"

④酝藉：宽和有雅量。《汉书·薛广德传》："广德为人，温雅有酝藉。"

⑤木犀花：即桂花。属木犀科，木犀系桂花之学名。

【译文】

病后初愈刚能起来，两鬓又添白发了，夜晚卧床，看着残月照在窗纱上。沏一碗温性去湿的豆蔻熟水，不要喝偏凉性常沏的茶。

靠在枕上看书是多么闲适，门前的景色在秋雨中更好。整天陪着我的，只有那深沉含蓄的木犀花。

【评解】

这首词创作于李清照的晚年，主要写她病后的生活情状，并以思乡为基调刻画其晚年的自我形象，委婉动人。

上片写病后初愈的情形。起句"病起"，说明曾经长期卧床不起，此刻已能下床活动了。"萧萧"是头发花白稀疏的样子，词中对应"病前"而言，因为大病，头发白了许多。下面接着写了看月与煎药。因为还没有全好，又在夜里，词人只好卧床看月。"卧看"，既是因为病后身子乏力，同时也说明心情闲散。

下片写白日消闲情景。"枕上诗书闲处好，门前风景雨来佳"，仍然是病中形色，但不失闲情逸致。"闲处好""雨来佳"表现出词人一种淡然与超然的心理。结句"终日向人多酝藉，木犀花"，本来是自己终日看花，却说花终日"向人"，把木犀写得非常多情，同时也表达了词人对木犀的喜爱。"酝藉"，写桂花温雅清淡的风度。在词人笔下曾是"揉破黄金万点轻，剪成碧玉叶层层"的华丽显然已经散去，终日向人却含蓄地不再张扬。可谓花如其人，这也是词人的心境与感悟。

此词格调轻快，心境怡然自得。通篇采用白描手法，语言朴素自然，情味深长。

殢人娇·玉瘦香浓

【原典】

玉瘦香浓①，檀深雪散②，今年恨探梅又晚。江楼楚馆③，云间水远④。清昼永，凭栏翠帘低卷⑤。

坐上客来，尊前酒满，歌声共水流云断。南枝可插⑥，更须频剪，莫待西楼⑦，数声羌管⑧。

【注释】

①玉瘦：形容梅花瘦小。

②檀深：檀为落叶乔木，木质坚硬，用以制作家具。此指其颜色深沉。

③江楼楚馆：泛指旅舍。江楼，临江之楼。楚馆，楚地馆舍。

④云间水远：形容行程遥远。

⑤凭栏：身倚栏干。

⑥南枝：向阳梅枝，最先发花。代指梅花。

⑦西楼：泛指思念人的居所。唐李煜《相见欢》："无言独上西楼，月如钩。"

⑧羌管：即羌笛，古代羌族的一种乐器。李白《与史郎中钦听黄鹤楼上吹笛》："黄鹤楼中吹玉笛，江城五月落梅花。"

【译文】

清瘦的梅枝，浓浓的香气，色泽深沉的花朵一直持续到雪化。今年想起赏梅，懊悔时间又晚了。寄居在外，云水悠悠，路途漫漫。白日如此漫长，不由倚栏远望。

与客人坐在宴席上，举杯畅饮，歌声唱和，嘹亮悠扬，如行云流水。在那些最早开花的梅枝还充满生机没有败落时，不妨多采剪一些。不要独自在西楼上，听那幽怨的羌笛声。

【评解】

这是一首咏梅词，当是李清

照年轻时的作品。该词因情即景，景中寓情；动静有致，相互衬托；借物抒情，感伤光阴流逝，花开花落，容颜易老，聚少离多，人生得意与相聚之时需尽情欢畅。从梅与人物的关系写梅，不粘不滞，寄托自己的情怀。

上片先从梅花的形状与香气着笔。"玉瘦香浓，檀深雪散，今年恨探梅又晚。""玉瘦"，为憔悴之状，这里词人用以形容梅花的清秀。"香浓"，可见梅花开得很盛。一个"又"字，表达了词人年年探梅、年年叹晚的心情。为什么今年赏梅又晚呢？下面几个意向有所暗指，"江楼楚馆，云间水远"之句，表明她与爱人又处于离别之中。或许就是这种愁绪萦怀，导致又忽略了赏梅的时间。"清昼永，凭栏翠帘低卷"，清凉的白昼是多么漫长啊！沉醉在阵阵梅香中的探梅人，凭倚着雕栏放眼远望，信手卷弄低垂着的翠绿帷帘。"永"是长的意思，欢乐嫌短，愁苦恨长，这是人之常情。

下片"坐上客来，尊前酒满，歌声共水流云断"，写的是朋友在一起举杯飞觞、纵歌抒怀，这是打发寂寞白昼的最好方法。该词至

此，欢乐之情已达巅峰，激越的情绪随着歌声止歇渐渐平静下来，另一种心态便代之而起，词人的笔触也宕然转开，回到赏梅的现场——"南枝可插，更须频剪"，然后便在"莫待西楼，数声羌管"的伤感声中戛然止住。请珍惜大好时光吧，千万不要等到花瓣残落、随风化泥的时刻再惆怅流连。这是借物抒情，寄予着对爱的守望，以及惜春的伤感。

添字丑奴儿·窗前谁种芭蕉树

【原典】

窗前谁种芭蕉树？阴满中庭①。阴满中庭，叶叶心心、舒卷有馀清②。

伤心枕上三更雨，点滴霖霪③。点滴霖霪，愁损北人、不惯起来听④！

【注释】

①中庭：庭院里。

②舒卷：轻灵美好的样子。馀清：意谓芭蕉叶舒卷，蕉心贻人以清凉舒适之感。

③霖霪：久雨不晴，此处指接连不断的雨声。

④愁损：忧伤，愁杀。北人：北方人。靖康之变后，李清照流落到江南，故自称北人。

【译文】

窗前的芭蕉树不知是谁种下的，一片绿荫，遮盖了整个院落。叶片和不断伸展的叶心舒展着美好的容姿，给人以清凉舒适之感。

愁情满腹，难以入睡，偏偏又在三更时分下起了雨，点点滴滴，响个不停。雨声淅沥，让忧郁的心更加愁烦，我不习惯听这种雨声，便披衣起床。

【评解】

这首词作于李清照南渡以后，通过雨打芭蕉引起的愁思，表达词人思念故国故乡的深情。

上片描述芭蕉树的"形"与"情"。芭蕉树长在窗前，但却能够"阴满中庭"，这就间接地写出了树干的高大，枝叶的繁茂，树冠的伸展四垂。接着，词人将描写范围缩小到芭蕉树的细部——蕉叶和蕉心。蕉心卷缩着，蕉叶舒展着，这一卷一舒，像是含情脉脉，相依相恋，情意无限，深挚绵长。

下片围绕环境与感受着

笔。"伤心枕上三更雨，点滴霖霪。"词人长夜独守，辗转无眠，更兼风雨时至，阴沉的水滴声犹如打在心头，惆怅的感觉油然而生。结尾句"愁损北人、不惯起来听"，这里的"北人"为"流离之人""沦落之人"，也正是词人流落到江南的自谓。"不惯"也就绝不只是水土气候上难以适应的不惯，而是一种飘零沦丧的愁怀。

全词篇幅短小而情意深蕴。语言明白晓畅，能充分运用双声叠韵、重言叠句以及设问和口语的长处，形成参差错落、顿挫有致的韵律；又能抓住芭蕉的形象特征，采用白描的手法，赋予夜雨芭蕉全新的意境，抒发国破家亡后难言的伤痛。

小重山·春到长门春草青

【原典】

春到长门春草青①，江梅些子破②，未开匀。碧云笼碾玉成尘③，留晓梦，惊破一瓯春④。

花影压重门，疏帘铺淡月，好黄昏。二年三度负东君⑤，归来也，著意过今春⑥。

【注释】

①长门：长门宫，汉代宫名。汉武帝的陈皇后因妒失宠，打入长门宫。这里以"长门"代指词人冷寂孤独的住所。

②些子：一些，少许。破：绽放。

③碾玉：即碾茶。宋代时崇尚团茶，即将茶叶调和香料压制成团状，用时再碾碎，故称"碾玉"。

④一瓯春：指一盏茶。瓯，饮料容器。春，指茶。

⑤东君：本为《楚辞·九歌》篇名，以东君为日神。此指美好的春光。

⑥著意：用心地，仔细地。

【译文】

春天来到了长门宫，使春草一片青碧，梅花绽开的很少，还没有均匀开遍。拿出笼中碧云茶，碾碎的末儿晶莹如玉，想留住清晨的好梦，呷一口，惊破了杯中春茶。

层层花影掩映在重门之上，疏疏帘幕透进淡淡月光，多么好的黄昏。两年第三次辜负了春神，归来吧，我想好好地品味今春的美丽。

【评解】

这首词为李清照早期作品，以惜春为抒情线索，塑造了一个感情丰富而专注的女主人公形象。

上片主要写词人品茗赏景之事。起句"春到长门春草青，江梅些子破，未开匀"，寥寥几笔，交代了新春景象。"长门"，借典而喻。汉代长安离宫名，汉武帝陈皇后失宠后冷落于此。"江梅"，也称野梅，是早春的标志。"些子"，少量之意。"未开匀"谓还未普遍开放。开篇几句寄寓着词人的叹春之情。下面接写饮茶，"碧云笼碾玉成尘"，"碧云"指茶叶之色，"笼"指贮

茶的器具。"留晓梦，惊破一瓯春"，晓梦初醒，仍想留住梦境，喝下一盏春茶，所惊破的其实并非是春茶，而是茶水中所浮现的心中思念的投影。上片主要写词人品茶赏景的欢愉之情，轻松优雅。

下片着重写叹春又惜春的心情。"花影压重门，疏帘铺淡月，好黄昏"，"重门"即多层之门，花影压在"重门"之上，黄昏到来，月光照在稀疏的门帘上，一片恬静。黄昏的画面蕴含了相思的惆怅、深闺的寂寞，意境淡淡，情思悠悠。"二年三度负东君"，加重表现痛惜之情，春天不能同爱人共享美好的时光，真是辜负东君了，人生哪里有几度青春可辜负的呢？正因如此，所以快归来吧，让我们好好把握这个春天吧。

这首词寓情于景，借景抒情，情调清婉，意境淡远，显示了易安词淡笔点染，自然隽永的风韵。

行香子·草际鸣蛩

【原典】

草际鸣蛩①，惊落梧桐，正人间天上愁浓。云阶月地②，关锁千重③。纵浮槎来④，浮槎去，不相逢。

星桥鹊驾⑤，经年才见，想离情别恨难穷。牵牛织女，莫是离中⑥。甚霎儿晴⑦，霎儿雨，霎儿风。

【注释】

①蛩（qióng）：蟋蟀。

②云阶月地：以云为阶梯，以月为平地。指仙境。语出唐杜牧《七夕》："天阶夜色凉如水，卧看牵牛织女星。"

③关锁：关卡封锁。

④浮槎（chá）：指往来于海上和天河之间的木筏。槎，木筏。张华《博物志》

记载，天河与海可通，每年八月有浮槎，来往从不失期。

⑤星桥鹊驾：神话中的鹊桥。传说七夕牛郎织女在天河相会时，喜鹊为之搭桥，故称鹊桥。韩鄂《岁华记丽》卷三引《风俗通》："织女七夕当渡河，使鹊为桥。"

⑥莫是：莫非是，难道是。

⑦甚霎（shà）儿："甚"是领字，此处含有"正"的意思。霎儿，一会儿。

【译文】

蟋蟀在草丛中鸣叫，梧桐的叶子似被这凄凄的叫声惊动而飘落，由眼前之景，联想到人间天上的愁浓时节。在以云为阶、以月为地的星空中，重关阻隔，纵有木筏往来，牛郎和织女也难以相会。

即使搭起鹊桥，牛郎织女也只能一年一会。想这离别之苦，怀恨难尽。牛郎、织女莫不是仍未相聚，再看天气阴晴不定，忽风忽雨，该不是牛郎、织女又难以相会了吧！

【评解】

这首词具体创作年代不详，大约是词人同丈夫婚后又离居的时期。主要借牛郎织女的神话传说，写人间的离愁别恨，凄恻动人。

上片由人间写到天上，于叙述中婉约含情。"草际鸣蛩，惊落梧桐"，词首从人间的七夕着笔，写周围环境的沉寂，抒发主人公孤独痛苦的心情。这两句从听觉入手，不仅增强了下句的感伤情调，而且给全词笼罩上一层凄凉的气氛。"正人间天上愁浓"是词人仰望牵牛、织女发出的悲叹。"天上"暗点出牵牛、织女。七夕虽为牛郎织女相会之期，然而相会之时即为离别之日，想到今夜之后又要分别一年，心情更痛苦。"云阶月地，关锁千重"，描写牛郎、织女远隔云阶月地、茫茫星河不得相见的痛苦，正抒发了自己与丈夫身在异地，心相牵系的离愁；描写牛郎、织女鹊桥相会，瞬息离散的苦难，正倾吐了自己与丈夫远隔千里、不得欢聚的别恨。"纵浮槎来，浮槎去，不相逢"，"槎"是用竹木编成的筏子，可以渡水。这几句字面虽写天上，用意则在人间，寄托词人个人的别恨。

　　下片仍是词人仰望银河双星时浮现出来的想象世界。"星桥鹊驾，

经年才见，想离情别恨难穷"，天宇间风雨变幻莫测，鹊桥或许还未搭就，牛郎织女或许现在还是在离别之中未能相聚吧？这种推测联想，完全是移情的结果，含蓄婉转地抒写了人间七夕夫妻不得相见的难言苦衷。"莫是离中"的"莫"为猜疑之词，即大概，大约之意。结尾三句用一"甚"字总领，与上片末三句句式相同，为此词定格。这几句语意双关，构思新颖，用天气的阴晴喻人间的悲喜，贴切生动。

这首双调小令，以托事言情的手法，通过对牛郎织女悲剧故事的描述，形象地表达了词人郁积于内的离愁别恨。

行香子·天与秋光

【原典】

天与秋光，转转情伤①，探金英知近重阳。薄衣初试，绿蚁新尝②，渐一番风，一番雨，一番凉。

黄昏院落，恓恓惶惶③，酒醒时往事愁肠。那堪永夜④，明月空床。闻砧声捣⑤，蛩声细⑥，漏声长⑦。

【注释】

①转转：犹"渐渐"。

②绿蚁：一种新酿成的酒，上浮绿色泡沫。

③恓恓惶惶（xī xī huáng huáng）：不安状。

④那堪：怎么能忍受。

⑤砧（zhēn）声捣：捣衣的声音。古代妇女将秋冬衣物置于砧上用

棒槌捶洗，叫捣寒衣。

⑥蛩（qióng）：蟋蟀。

⑦漏：计时工具。

【译文】

清爽的天空秋光宜人，看到菊花知道重阳节快到了。披上较薄的衣服，饮着没过滤的酒，每一阵秋风，一场秋雨，便加重了一番秋的寒意。

黄昏中的院落，给人清凉的感觉，酒醒过后往事浮现更增添愁绪。怎么能忍受这漫漫长夜，明月照在这空床之上。听着远处的捣衣声，蟋蟀的鸣叫声，还有漫长的漏声，觉得时光走得太慢了。

【评解】

此词当作于重阳节之前，通过典型环境的描写，表现一个独守空房的女子打发无聊的时光，题材属于闺怨词。

词上半部分写大环境，通过重阳时节、秋风、秋雨、秋凉，来描写主人公所处的悲凉之境。下半部分由大及小，通过主人公所处的院落、夕阳、长夜、明月等事物和捣衣声、蟋蟀声、漏声等声音，来烘托其落寂心情。前后结句均用排比，"渐一番风，一番雨，一番凉"，"闻砧声捣，蛩声细，漏声长"，声声凄切，句句血泪，加重了悲凉的气氛，增强了词的节奏感和音律美。词人在明月之夜"往事愁肠"夜阑不寐，听闻沉重的捣衣声、细微的蛩鸣声与迢递的滴漏声组成一首哀怨、凄凉、婉转的交响乐曲，表现出对亡夫的无限怀念，悲苦甚之。

"转转""恓恓惶惶'六个叠字的运用，把悲凉的心境表达得更为深切。古诗词常用叠字，《诗经》中"关关雎鸠""桃之夭夭""杨柳依依"，《古诗十九首》"行行重行行""青青河畔草"，乔吉《天净沙》"莺莺燕燕春春"，易安"凄凄惨惨戚戚"不胜枚举。

此词声声凄切，字字血泪。它的哀愁与"为赋新诗强说愁"不同，与浮薄的"闲愁"不同，又与一般的离愁别苦不同，这是在南宋统治集团采取屈辱投降政策之下的痛苦呻吟，虽然写的是个人遭逢的凄悲，但却有代表性。国破家亡，夫死妇丧，妻离子散，背井离乡，颠沛流离，这是整个时代的苦难。

失调名·犹将歌扇向人遮

【原典】

犹将歌扇向人遮①。水晶山枕象牙床②。

彩云易散月长亏③。几多深恨断人肠④。

罗衣消尽恁时香⑤。闲愁也似月明多⑥。

直送凄凉到画屏⑦。

【注释】

①犹：相似，如同。 将：拿，手持。歌扇：歌者手里拿的扇子。遮：遮掩。

②水晶山枕：用水晶做的枕头，古人认为其凉爽可以安神。水晶，水晶得名水玉，古人认为它"其莹如水，其坚如玉"，故而看重它的质地，常寓意坚贞的爱情。山枕，枕头。古代枕头多用木、瓷等制作，中凹，两端突起，其形如山，故名。象牙床：即牙床，指有象牙雕刻装饰的床，或者做工精美的能挂罗帐的高档床，供刚结婚的新人或小姐、阔太太使用。

③月长亏：指月形长久地残缺不圆满，与月盈相对。

④几多：多少，何等。深恨：深深的怨恨。

⑤恁（nèn）时：那时候。

⑥闲愁：无端无谓的忧愁。月明：月光明朗。

⑦画屏：有画饰的屏风。

【译文】

夜已深，我如同一个持扇的歌者一样，手里拿着一把团扇，满腹愁肠。即便是这能安神的水晶枕头，也无法让我安然入睡，只好起身，慵懒地斜倚着象牙床，默默地呆望。

那五彩的云霞虽然美丽，但却容易飘散而去，而那明静的月亮亦是如此，一整月的时间里，只有一天月圆之时，却总是长久地亏缺，不能圆满。真不知这人世间，到底还有多少深深的怨恨，正如此无情地摧断人的肝肠。

双手轻抚身上的衣袂，可怜这曾经飘逸如蝶的锦绣罗衣，如今穿在日渐消瘦的身上，宽松了很多，就连那时的长袖香尘，也早已消失殆尽。

蓦然间，无端无谓的忧愁涌上心头，竟也像这倾泻下来的月光一样，布满天地之间。把那令人忧伤的清凄与寒凉，直送到房间里的画屏上。

【评解】

此词当是李清照婚后的作品，具体年代不详，但从字里行间不难看出满腹惆怅与幽怨，当是与赵明诚，两地分居时期的作品。题为"犹将歌扇向人遮"，却不是描写"歌者"，而是一首闺怨词。通过月夜冥思，将如今的离情幽怨、曾经的缠绵缱绻，以其独特的方式，细腻形象地表达出来。

全词描绘因思念而成的情之"深恨"，却没有丝毫粗野之气，反而是将相思之苦娓娓道来。以"彩云易散月长亏"的自然规律不可扭转，烘托出自己此时因丈夫不能守在身边的万般无奈；以"罗衣消尽恁时香"，流露出身受冷落而日渐消瘦憔悴的忧伤之情，让人不禁心生怜惜，更为之独守闺房的落寞而触动情怀。

这首词韵调平和，词句清浅，却意境淡远，显示了易安词淡笔点染，自然隽永的风韵，具有极强的画面感，耐人回味。

忆秦娥·临高阁

【原典】

临高阁，乱山平野烟光薄①。烟光薄，栖鸦归后②，暮天闻角③。

断香残酒情怀恶④，西风催衬梧桐落⑤。梧桐落，又还秋色⑥，又还寂寞⑦。

【注释】

①乱：此指无序。平野：空旷的原野。烟光薄：烟雾淡而薄。

②栖鸦：指在树上栖息筑巢的乌鸦。北宋苏轼《祈雪雾猪泉出城马上作赠舒尧文》诗："朝随白云去，暮与栖鸦归。"

③角：画角，形如竹筒，本细末大，以竹木或皮革制成，外施彩绘，故称。古代多用为军中报昏晓。

④断香残酒：指熏香里的香烧尽了，杯里的酒喝完了。

⑤西风：即秋风。此处喻指金兵每当秋高马肥之时，便对南宋发动南扰、东进之攻势。催衬：催赶，催促。梧桐落：在古典诗词中，桐死、桐落既可指妻妾的丧亡，亦可指丧夫。

⑥又：杨金本《草堂诗余》作"天"。还：回，归到。另说，当

"已经"讲。秋色：《花草粹编》作"愁也"。

⑦还：仍然。另说，当"更"讲。

【译文】

登临高高的楼阁，那大大小小的山峦、空旷的原野笼罩在一层轻烟薄雾之中，透出稀薄微弱的光亮。乌鸦飞回巢穴以后，夜晚听到阵阵的号角之声。

香火快要熄灭，酒也所剩无几，这光景令人心情惆怅。萧瑟的秋风，催逼着梧桐的飘落。梧桐落，就是那种不愿见到的秋色衰败的景色，它更叫人感到孤独寂寞。

【评解】

此词是一首借景抒情之作。写词人登楼所思所感，并将所见之景绘入其中，寓情于景，情景交加，体现了极高的艺术才华。

上片词人立笔高阁之外，描写登楼所见所闻。起句"临高阁"，点明词人是在高高的楼阁之上，凭栏远眺。"乱山平野烟光薄"，承接上句，扑入眼帘的是起伏相叠的群山，平坦广阔的原野，以及笼罩着薄薄烟雾的景色。"栖鸦归后，暮天闻角"，乌鸦的叫声总使人感到"凄凄惨惨"，这凄苦的鸦声，悲壮的角声，加倍地渲染出自然景色的凄旷、悲凉。不难看出，这景物的描写中，融注着词人当时流离失所，无限忧伤的身世之感。

词的下片写登楼所思所感。"断香残酒"，勾起词人闲愁万种，使她更加难以为怀，乃至一反固有的婉曲作法，于百般无奈中吐出"情怀恶"这样的直抒胸臆之语。"西风催衬梧桐落",词人将视野拓开,摄下桐叶随风飘坠的特写镜头。这纷纷飘坠的桐叶,猛烈扣响了颤动在词人内心的生命之弦,使她情不自禁地联想到,在走完一大段痛苦和欢乐相伴、灾难与幸福相继的人生旅程后,自己岂不也到了飘坠、凋零的岁月?叠句"梧桐落",进一步强调出落叶在词人精神上、感情上造成的影响。这里既有国破家亡的伤痛,又有背井离乡的哀愁,那数不尽的辛酸,一下子都涌上了心头。"又还秋色,又还寂寞",这两句以词人的感受和反响作结,写出了对秋色带来的寂寞的一种厌恶心理。

王国维在《人间词话》中说:"能写真景物真感情者,谓之有境界。"该词情融注于景,景衬托出情,笔意凝练,感情真挚,全词意境蕴涵深广。

怨王孙·湖上风来波浩渺

【原典】

湖上风来波浩渺①，秋已暮、红稀香少②。水光山色与人亲，说不尽、无穷好。

莲子已成荷叶老，青露洗、萍花汀草③。眠沙鸥鹭不回头④，似也恨、人归早。

【注释】

①浩渺：形容湖面空阔无边。

②秋已暮：晚秋时节。红、香：以颜色、气味指代花。

③汀：水边平地，小沙洲。

④眠沙鸥鹭：眠伏在沙滩上的水鸟。

【译文】

微风轻轻地吹拂着湖水，更显得一片波光浩渺，正是深秋时节，红花凋落，香气淡薄。水光山色与人亲近，这美好的景色言之不尽。

莲子已经熟了，莲叶也已老去，清晨的露水，洗涤着水中萍花与沙洲上的青草。伏卧在沙滩的水鸟也不回头，似乎在怨恨人们归去得太早。

【评解】

这是一首描写深秋景色的作品，词人以其独特的方式，细腻形象地表达出一种特色鲜明的阴柔之美。

上片是对深秋景色的概括描写。开头"湖上风来波浩渺"，便呈现出一幅远望的景色图，起语新奇，不落俗套。秋高气爽，常见的是风平波静，而一旦朔风初起，便会吹起悠远的水波。"秋已暮"点明了时节；"红稀香少"，更通过自然界色彩和气味的变化，进一步点出了暮秋的神韵。"水光山色与人亲，说不尽、无穷好"，将大自然人情化与感情化，正是这"与人亲"，方换得人与景亲，也才能真的领略到大

自然水光山色中的景物之美。

下片对秋景作继续描写。"莲子已成荷叶老，青露洗、萍花汀草"，莲子、荷叶、水中的浮萍、沙洲上的青草，都被白露洗了颜色，这些典型的意象就是对秋景的具体描摹了。"眠沙鸥鹭不回头，似也恨、人归早"，词人用拟人的手法写鸥鹭埋怨人回去得太早，实际上是用曲笔写自己恋恋不舍，不愿离去。在这里，鸥鹭也人性化了，与上片山水的感情化似是同样手法，但却一反上片的山水"与人亲"，而为鸥鹭"对人恨"，这一亲一恨之间写出了清新多样之感，并表达了自己对湖上自然风光的热爱。

这首词情调平和，语言清浅，全词描绘暮秋景色却没有肃杀之气。词人巧妙地运用拟人化手法，清新别致地写出了物我交融的深秋美意，耐人寻味。

怨王孙·春暮

【原典】

　　帝里春晚①，重门深院。草绿阶前，暮天雁断。楼上远信谁传？恨绵绵。

　　多情自是多沾惹②，难拚舍③，又是寒食也。秋千巷陌人静④，皎月初斜，浸梨花⑤。

【注释】

　　①帝里：指帝都汴京。

　　②沾惹：招致，招惹。

　　③拚舍：割舍，舍弃。

　　④巷陌：街道。

　　⑤浸梨花：月光像水一样浸透了梨花，犹言梨花沐浴在月光里。

【译文】

　　在都城汴京，重重门庭、深深院落，都笼罩在晚春的暮色里。阶前的草绿了，黄昏的天空中已不见大雁的踪影。我独自在楼阁里，有谁能帮我把心中的话传给远方思念的人呢？想到这儿，不禁黯然神伤。

多情人自然会想得多些，随时随地都会触景生情。这离愁实在恼人，既难以抵挡，又难以割舍。寒食节又到了。那竖立着秋千的街道静悄悄，人们都已经入睡，刚刚偏斜的皎洁明月，映照着洁白的梨花，就像梨花浸在水里一般。

【评解】

此词当是李清照婚后的作品，当作于汴京。实际上是一首闺怨词。女词人离情缱绻，通过这首词来寄托自己的思念之情。

首句便点出地点与时间。"帝里春晚，重门深院"，"帝里"指北宋都城汴京，同时交代了季节是在暮春。"重门深院"，词

人把自己锁在深院之中，无心游春，可见内心的寂寞伤感。接下来以景寓情，词人在夹杂着思念的些许埋怨中，温婉含蓄地道出了"草绿阶前，暮天雁断"，台阶前的绿草茵茵，头顶有一行迟归的鸿雁飞过。"楼上远信谁传？恨绵绵"，由景入情、由物及人。据传鸿雁能够传书，可是雁迹已断，绵绵的离恨、深情的思念，向谁去诉说呢？"楼上远信谁传"这一反问句，表现出了词人的急切心情，其对丈夫的思念之情浸润在字里行间。

"多情自是多沾惹，难拚舍，又是寒食也"，承"恨绵绵"而来。词人反躬自省，在检视自己多愁善感的性格中抒写情怀。"多沾惹""难拚舍"，表现了词人深陷相思之苦，极力想挣脱却又无力自拔的心理状态。"秋千巷陌人静，皎月初斜，浸梨花"，词人不写白天热闹的场面，而是写人们散去后的寂静。"皎月初斜"，指时间已是下半夜了。《花草蒙拾》评此词时说："'皎月''梨花'本是平平，得一'浸'字，妙绝千古。"月光皎洁如水，梨花莹白如玉，这明净的意境，也映射出了词人纤尘不染、冰清玉洁的情感世界。

此词语言清隽，构思精巧，情景兼胜，意境幽美，令人无限遐想，无穷回味。

新荷叶·薄露初零

【原典】

薄露初零①，长宵共、永昼分停②。绕水楼台，高耸万丈蓬瀛③。芝兰为寿④，相辉映、簪笏盈庭⑤。花柔玉净，捧觞别有娉婷。

鹤瘦松青⑥，精神与、秋月争明。德行文章，素驰日下声名⑦。东山高蹈⑧，虽卿相、不足为荣。安石须起⑨，要苏天下苍生⑩。

【注释】

①零：落下。

②分停：即停分，将总数平分为两份。此处为押韵而倒装。

③蓬瀛：传说中的神山蓬莱与瀛洲。

④芝兰：芝草和兰草，皆为香草。喻指佳子侄。

⑤簪笏（zān hù）：官吏所用的冠簪和手板，这里指代众高官。

⑥鹤瘦松青：古代以松鹤喻长寿，故为祝寿之辞。

⑦日下：指京都。

⑧东山高蹈：东山，代指东晋谢安，号东山。后世因以"东山"为典，指隐居之地。高蹈，为隐居之称。此处用以表明寿主虽未在朝，

但前程广阔。

⑨安石：谢安，字安石。隐居后屡诏不仕，时人因言："安石不肯出，将如苍生何！"

⑩苍生：指百姓。

【译文】

露珠落下的已很多，时值白天和黑夜的时光各占其半的秋分时节。寿主的居所碧水环绕，楼台万丈高耸，有如神山仙境。满堂的子孙和达官贵人共同祝寿，场面热烈，交相辉映。那席中捧酒的侍女也如花似玉，别样美丽。

愿您体魄健壮如松鹤般长寿，愿您精神朗朗与秋月比光明。您的品德学问历来是独领风骚、名噪京城。您虽隐居不仕，却蜚声朝野，光耀无比，即使王侯卿相，又哪个能比。您应像谢安一样快快出仕，以挽救受尽战乱之苦的百姓。

【评解】

该词为一首祝寿之作。寿者未点明是谁，从词义看，可知其人应是当时德行皆高的名儒，而且是一直隐而不仕者。词中极尽赞美之言，但却流露了忧国忧民之志，蕴含着一股壮气豪情。上片用侧面描写的方法，从环境的绮丽、祝寿人的高贵、侍女的仪态万千，反映出寿者名望之高；下片采用正言直述之法，写对寿者的祝愿，显示出词人爱国爱民的心愿。

上片着重渲染祝寿的非凡景象。"薄露初零，长宵共、永昼分停。

绕水楼台，高耸万丈蓬瀛"，交代时间地点、场面气氛，紧扣了寿主生日的节令特点，营造了一个充满艺术情调的氛围。"长宵共、永昼分停"句中的"分停"，即"停分"，中分之意；一年之中只有春分、秋分这两天是昼夜所占时间相等，古人称这两天为"日夜分"。从"薄露初零"的描述来看，当为秋分之时。接下来"芝兰为寿，相辉映、簪笏盈庭"，写的是儿孙祝寿，同时不乏风雅的达官贵人，构成了一幅雍容华贵的景象，气氛自然十分炽烈。但词人却避开这些场面的描写，笔调转向了筵席间为客人捧觞倾酒的侍女们，"花柔玉净，捧觞别有娉婷"，赞美了侍女们的如花似玉，风姿翩翩，表达了主人待客之真诚。上片寥寥数语，便将良辰、美景、主贤、宾嘉之乐跃然纸上。

下片着重于对寿主的祝福以及词人的心愿。"鹤瘦松

青，精神与、秋月争明。德行文章，素驰日下声名"，以两个比喻句起兴，描写凝练道出了对寿主体魄健康寿比松鹤，以及精神朗朗与秋月争辉的祝愿。并通过对其品德学问独领风骚的描述，将一位德高望重、受人景仰的典范人物形象地勾画了出来。"东山高蹈，虽卿相、不足为荣"仍是溢美之词，仍是使用比喻手法，但却因借用现成典故，使内容表达更进一步、更深一层。"东山高蹈"，用的是晋代文学家、政治家谢安的故事。谢安，字安石，才学盖世，隐居东山，后应诏出仕，官至司徒。该句是说：谢安隐居东山，却蜚声朝野，光耀无比，虽为王侯卿相，哪一个能与之相比！尾句"安石须起，要苏天下苍生"，可谓一句千钧，既含叹惋之情，又含激励之意。希望眼前的寿主，要像谢安一样挺身而出，解救天下百姓之苦，表现了词人对重振国家的期望和关心国家命运的情怀，也使这首祝寿词的主题得到了升华。

　　纵观全词，多用典故，委婉含蓄，意味盎然，情趣无穷。

第二部分 诗

浯溪中兴颂诗和张文潜（二首）

【原典】

（一）

五十年功如电扫①，华清花柳咸阳草②。

五坊供奉斗鸡儿③，酒肉堆中不知老。

胡兵忽自天上来④，逆胡亦是奸雄才⑤。

勤政楼前走胡马⑥，珠翠踏尽香尘埃。

何为出战辄披靡⑦？传置荔枝马多死⑧。

尧功舜德本如天，安用区区纪文字！

著碑铭德真陋哉⑨，乃令鬼神磨山崖。

子仪光弼不自猜⑩，天心悔祸人心开。

夏为殷鉴当深戒⑪，简策汗青今具在⑫。

君不见张说当时最多机⑬，虽生已被姚崇卖⑭。

（二）

君不见惊人废兴传天宝⑮，中兴碑上今生草。

不知负国有奸雄，但说成功尊国老⑯。

谁令妃子天上来⑰，虢、秦、韩国皆天才⑱。

花桑羯鼓玉方响⑲，春风不敢生尘埃⑳。

姓名谁复知安史，健儿猛将安眠死。

去天尺五抱瓮峰㉑，峰头凿出开元字。

时移势去真可哀，奸人心丑深如崖㉒。

西蜀万里尚能反，南内一闭何时开㉓。

可怜孝德如天大，反使将军称好在㉔。

呜呼，奴辈乃不能道："辅国用事张后专㉕。"

乃能念："春荠长安作斤卖㉖。"

【注释】

①五十年功：指唐玄宗在位时间。玄宗实际在位44年，"五十年"为大约数字。

②华清：指华清宫，在陕西临潼骊山。《唐会要》卷三十："开元十一年十月五日，置温泉宫于骊山。至天宝六载十月三日，改温泉宫为华清宫。"咸阳草：咸阳，秦始皇建都之地。

③五坊：唐代为皇帝饲养鹰犬的官署，至宋初始废。《新唐书·百官志二》："闲厩使押五坊以供时狩，一曰雕坊，二曰鹘坊，三曰鹞坊，四曰鹰坊，五曰狗坊。"后指不务正业之人为"五坊小儿"。斗鸡儿：

古代民间的一种斗鸡游戏。此指唐玄宗喜好此道，玩物丧志。

④胡兵：古代称北边或西域的民族为胡，此指安禄山叛乱部队。安禄山、史思明皆为胡人。

⑤逆胡：指安禄山、史思明。奸雄才：指弄权欺世、窃取高位的人。

⑥勤政楼：唐玄宗时建，因题有"勤政务本之楼"而得名。

⑦辄（zhé）披靡：就溃败。辄，立即，就。披靡，指军队溃败。

⑧传置荔枝：《新唐书·杨贵妃传》："妃嗜荔枝，必欲生致之，乃置骑传送数千里，味未变，已至京师。"由于骏马日夜兼程，飞奔急送荔枝而累死。

⑨陋：简陋，此指浅薄。

⑩子仪：郭子仪，唐代名将，唐玄宗时，平安史之乱有功，封汾阳王。光弼：李光弼，唐代名将。平安史之乱有功，授天下兵纪都元帅，封淮郡王。不自猜：一作"不用猜"。猜，指被猜疑。

⑪夏为殷鉴：一作"夏商有鉴"。泛指可以作为后人鉴戒的往事。《诗·大

雅·荡》："殷鉴不远，在夏后之世。"

⑫简策汗青：古代书籍由竹简编成，为便于书写和长久保存，则必须将竹简在火上烤干，炙烤时竹简出水如汗一般，故曰汗青。此寓意为史册。

⑬张说：为唐玄宗时宰相。

⑭姚崇：为唐玄宗时宰相。与张说之间嫌隙很深。

⑮天宝：唐玄宗年号，公元 742—756 年。

⑯国老：告老退休的大臣。此指郭子仪、李光弼等平息安史之乱的功臣。

⑰妃子：指杨贵妃。

⑱虢、秦、韩国：杨贵妃三姊分封之地。

⑲花桑羯鼓：用上苑桑木做成的鼓，言其珍贵。状如漆桶，下承以牙床，以两杖击之。唐玄宗喜欢音律，尤其擅长击羯鼓，人称为"八音领袖"。方响：一种打击乐器，使用小铁锤或木槌敲击发音。

⑳"春风"句：指唐玄宗与杨贵妃击鼓作乐时，春风也不敢吹起尘埃。

㉑去天尺五：言其极高。语出汉辛氏《三秦记》："城南韦杜，去天尺五。""城南韦杜，去天尺五"之谚语自西汉以来就广泛流传于关中一带，它是对世居长安城南之韦、杜两族亲近皇权之政治社会地位的形象描述。抱瓮峰：即瓮肚峰，其山崛起半瓮之状，故名。

㉒奸人心丑：奸人，奸诈之人，此指李辅国等；心丑，心地诡异险恶。

㉓南内：长安有大内、西内、南内三宫，南内即兴庆迷路，本唐玄宗听政处。安史之乱平息后，玄宗回到长安，肃宗信用李辅国，迁玄宗于西内，故谓"南内一闭"。

㉔将军：指高力士。高力士于公元748年（天宝七年）加至骠骑大将军。称好在：好在，好生，莫乱来。

㉕辅国用事：辅国，李辅国，玄宗时为阉奴，得肃宗信任，权势日益显赫。用事，当权。张后：肃宗皇后，与李辅国勾结专权，后为李辅国杀。

㉖春荠长安作斤卖：传说高力士因遭李辅国忌恨被流放边地，见园中有荠菜，当地人不会吃，于是采来吃，味道很美。便赋诗道："两京称斤卖，五溪无人采。夷夏虽有殊，气味终不改。"意为人们只知道责备唐玄宗宠信高力士、引入杨玉环误国之罪，却不知道责备肃宗宠信李辅国、张后之弊。

【译文】

（一）

唐玄宗在位五十年左右的时光里，从建立功业到王朝灭亡，如同雷电般一扫而过，想当年，华清池燕舞莺歌、宫柳婆娑的迷人景象，如今早已踪影皆无，如同那秦始皇咸阳都城的奇花异草一样，寂寥荒芜。

玄宗皇帝天生喜好狩猎、斗鸡，不惜花费大量钱财建造可供狩猎游玩的雕坊、鹘坊、鹞坊、鹰坊、狗坊五处场所，甚至专门挑选五百六军小儿去驯养这些斗鸡，而且整日里好酒好肉，笙歌乐舞，过着花天酒地的奢华生活，从来不去考虑是如何在虚度年华中老去。

直到有一天，安禄山和史思明的大队人马忽然从天而降一般，兵临城下，才看清这两个叛乱的胡虏的真面目，才知道他们也是奸诈欺世的野心家。悔恨当初不该任人唯亲，落得了今日逼宫的下场。

为了平定安史叛乱，唐玄宗来到以"勤政"命名，却早已成了自己庆祝生日和赐宴设酺的勤政楼前，点将出征，只为能早日驱走安史叛军这些胡人的兵马。经过十余年之久，耗费了不计其数的珠翠钱财，死伤将士无数，总算使战乱尘埃落定，把大唐的子民从流离失所之中解救出来。

　　然而，太平生活的日子里，不去铭记到底是谁为了挽回大唐江山而舍生忘死，又是什么引发战乱，而谁率兵出征就能使叛军溃败？却为了博得妃子一笑，不惜命人千里奔徙，使诸多良马因为速递新鲜的荔枝而活活累死。

　　尧帝的功绩与舜帝的德业，世人有目共睹，他们的功德原本就有如天地之大，又怎能仅用这些小小的文字，就能记录得了呢！

　　以撰写碑文的形式来使后世之人铭记自己的功德，这是多么鄙陋浅俗之举啊！于是，我真想让鬼神纷纷出来，把这矗立碑石的山崖推平，还给世人一个真实的存在。

　　回望前朝，平定安史之乱的功臣郭子仪和李光弼，对待皇帝的忠心任何人都不用去猜疑，然而，总有一些小人心生嫉妒，更可怕的是遇到昏庸的君王，由此导致他二人遭到宦官谗言陷害，或贬官，或被解除兵权。真希望天下人心都能开明，使上天真心思悔，不再重复这样的错误。

　　夏朝的覆灭是商朝的前车之鉴，我们这些后代之人应该深深地引以为戒，历代的简策汗青，如实地记载着历史，至今也都还完好无损地存在于世间。

　　难道你没看见，玄宗时期的张说，在当时是最有心机的人，曾三次拜相，堪称足智多谋，但也比较贪财，只因与姚崇素来不和，曾经想方设法阻止他拜相，然而即便如此，终没能阻止姚崇成为大唐贤相。反而是在张说临死之前，还能设计骗他为自己撰写墓志铭，等他反应过来之时，不无悔恨地说："没想到姚崇死了还算计我，我到现在才知道我确实比不上他啊！"

（二）

难道你没看见，自大唐开国以来，除了唐太宗李世民的"贞观之治"，就属玄宗皇帝的"开元盛世"最为世人所惊叹，而这鼎盛时代的衰败，是从玄宗皇帝的天宝后期开始的，那座曾经记载盛唐中兴的碑石，如今已经破败不堪，周边杂草丛生，一片荒芜的景象。

不用去知道那些对不起国家、有负人民的奸佞之臣都有谁，或者是有多少奸诈欺世的野心家颠覆了朝廷，他们只会被世人痛恨。我们只需记住这些为国为民而舍生忘死的将相雄才，只需千秋万代颂扬他们的成就与功勋，因为他们即便后来告老还乡，也一直被后世之人所尊敬。

想当年，是谁使杨玉环如自天而降一般，转瞬就成为了玄宗的妃子呢？这种有悖父子纲常的行为，自然少不了玄宗自身的荒淫无度，也难逃像高力士这样善于谄媚的小人怂恿。自从杨贵妃得宠于唐玄宗，她的堂兄与三个姐姐也分别受封，虢国、秦国、韩国成了她们的封地，自此后都鸡犬升天，权倾朝野。

唐玄宗素来喜欢音律，尤其擅长击打山桑木羯鼓，同时有玉制的打击乐器方响伴奏，更是美不胜收。每当唐明皇与杨贵妃击鼓作乐时，就连春风也不敢吹起尘埃。

唐玄宗整日里不分昼夜地饮酒作乐，懒于治理朝政，又哪里管安禄山、史思明之徒姓甚名谁、身世底细呢？只因他任人唯亲才使小人之心越来越膨胀，最终引发安史之乱，致使多少健儿猛将稀里糊涂地走上战场，百姓不得安生，因为战乱而长眠于地下，在思念家乡的哀愁之中死去。

唐初期，"城南韦杜，去天尺五"曾流传一时，而此时的杨玉环兄妹五人权倾朝野，犹如抱着瓮肚峰的山顶一样，高高在上，山峰上凿出开元盛世的文字，但已走向摇摇欲坠的时代。

时代变迁，随着安史之乱的爆发，杨家的大势已去，玄宗被迫出逃，杨玉环也被六军逼迫命丧马嵬坡，这一切真是让人感到无比悲哀，然而唐朝第一个在京师以外灵武登基的唐肃宗皇帝，又怎知怂恿他称帝的宦官李辅国等奸诈之人，心地更加险恶，深不可测堪比那陡峭的山崖。

安史之乱时，玄宗皇帝逃到西蜀，虽然相隔万里，但在战乱平息之后，尚且能在一日之内返回长安，然而唐肃宗听

信李辅国的谗言，使玄宗被软禁南内宫中以后，也被彻底封闭，连他自己都不知道何时才能重见天日。

更为可怜的是，素来把孝德看作比天大的肃宗皇帝，多次想看望重病中的父皇唐玄宗，却因李辅国的阻挠而未成行，反而不如玄宗的心腹宦官高力士，尚且能在李辅国放肆无理的情况下怒斥一声："太上皇是五十年的太平天子，李辅国你也是老臣了，不应该这样无礼，你给我下马，过来给太上皇牵马！"当然，高力士后来因此而被李辅国报复，假传圣旨，把他流放到荒远之地。

唉！悲哀啊！那个时代，只允许所有人去责备唐玄宗宠信高力士、引入杨玉环误国之罪，却不能说唐肃宗宠信李辅国当权祸国、与张皇后勾结专权的半句言语。

【评解】

这两首诗是李清照早年和张耒《读中兴颂碑》诗所作。北宋中后期，统治阶级上层发生了剧烈的党争，最初的斗争是由王安石派的变法和司马光派的反变法而引起的。延续到后来，两派政治力量你上我下，互相倾轧，大起大落。而一旦执政以后，本派内部又迅速分化，争夺益甚。神宗的动摇，高后的专权，哲宗的无能，怂恿和支持了大官僚之间的争夺，因而，朝廷竟成了利欲熏心的官僚们操刀相向的战场。

此诗题为《浯溪中兴颂诗和张文潜》，浯溪，地名，在湖南祁阳县。公元 761 年（唐肃宗上元二年），元结撰《大唐中兴颂》，刻于浯溪石崖上，时人谓之摩崖碑。碑文记述了安禄山作乱，肃宗平乱，大唐得以中兴的史实。张文潜，北宋诗人，名耒，字文潜，"苏门四学士"之一。第一首诗从唐明皇五十年盛世功业竟然毁于一旦着笔，斥责了他耽于享乐、治世无功的昏庸。接着以鲜明生动的意向，描绘了安史之乱的现象。而后以"传置荔枝马多死"这一荒唐的行径，总结了导致军队无力抵抗以及覆亡的原因。第二首诗着重描写"安史之乱"后的乱象，总结唐王朝衰落的历史教训，表现出诗人深刻而清醒的历史批判意识。

这两首诗充分体现了诗人超群的才情、开阔的视野、独到的见解，用借古喻今的方式对当权者予以劝诫，表现了诗人对北宋末年朝政的担忧。

晓梦

【原典】

晓梦随疏钟①，飘然跻云霞②。

因缘安期生③，邂逅萼绿华④。

秋风正无赖，吹尽玉井花⑤。

共看藕如船，同食枣如瓜⑥。

翩翩坐上客，意妙语亦佳。

嘲辞斗诡辩⑦，活火分新茶⑧。

虽非助帝功⑨，其乐莫可涯。

人生能如此，何必归故家？

起来敛衣坐⑩，掩耳厌喧哗。

心知不可见，念念犹咨嗟⑪。

【注释】

①疏钟：稀疏的钟声。

②跻（jī）：登，上升。一作"蹑"。

③安期生：秦时的仙人之名。《列仙传》："安期先生者，琅琊阜乡

人也。卖药于东海边，时人皆言千岁翁。秦始皇东游，请见，与语三日三夜，赐金璧，度数千万。出于阜乡亭，皆置去，留书，以赤玉舄一双为报，曰：后数年，求我于蓬莱山。始皇即遣徐市、卢生等数百人入海。未至蓬莱山，辄逢风浪而还。立祠阜乡亭海边十数处云。"

④邂逅萼（è）绿华：邂逅，不期而遇。《诗经·唐风·绸缪》："今夕何夕，见此邂逅。"萼绿华，古代传说中的仙女，简称萼绿。《真诰》卷一："萼绿华者，自云是南山人，不知何山也。女子，年可二十上下，青衣，颜色绝整。以升平三年十一月十日夜降羊权家。自此往来，一月之中，辄六来过耳。云本姓罗。赠权诗一篇，并致火浣布手巾一方，金石条脱各一枚。"唐李商隐《重过圣女庙》诗："萼绿华来无定所，杜兰香云未移时。"

⑤玉井花：传说中神奇的莲花。唐韩愈诗《古意》："太华峰头玉井莲，开花十丈藕如船。"

⑥食枣如瓜：《史记·封禅书》："安期生食巨枣，大如瓜。安期生仙者，居蓬莱，合则见人，不合则隐。"

⑦嘲辞：嘲谑之语。

⑧活火：有火苗的明火。宋陆游《夏初湖村杂题》诗："寒泉自换菖蒲水，活火闲煎橄榄茶。"

⑨帝：天帝。

⑩敛衣：整理衣衫，以表恭敬。

⑪咨嗟：叹息。唐韩愈《晚菊》诗："少年饮酒时，踊跃见菊花。今来不复饮，每见恒咨嗟。"

【译文】

黎明时分，随着舒缓悠扬的钟声又进入梦乡，飘然欲仙地踏入云霞中。

有缘结识北极真人安期生，又不期而遇青衣仙女萼绿华。

阵阵秋风顽皮地吹来，吹落枝头的玉井莲花。

我们一同观看如船一般大的莲藕，一同品尝如瓜一般大的枣子。

客人们风姿翩翩，妙语连珠。

他们一边斗笑取乐，一边烹煮新茶，闲情雅致，其乐无穷。

虽然难以求得天帝的法术，但有无穷无尽的乐趣。

人生能够如神仙般快乐，又何必还要回归故里呢？

醒来后，整理衣服独自坐着，捂住耳朵怕听外面的喧哗。

明知道心中所想的都是虚幻，却还是萦绕于怀。

【评解】

这是一首记梦诗。诗中写了神仙境界中仙人们逍遥自在的生活，表现了诗人对无拘无束的自由生活的向往，同时也反映了她寻求精神解脱而不得的苦闷心情。

开头起笔"晓梦随疏钟，飘然跻云霞。因缘安期生，邂逅萼绿华"，这几句叙写入梦后遇见仙人。"晓梦"，天亮时候，意味着昨夜久未成眠，直到黎明时才迷迷糊糊地入梦。"安期生""萼绿华"是梦中遇见的两位仙人。"秋风正无赖，吹尽玉井花。共看藕如船，同食枣如瓜"，写与两位仙人一道看秋天风景，看风落玉井莲花，看船一般大的莲藕，吃瓜一般大的枣子。"翩翩坐上客，意妙语亦佳。嘲辞斗诡辩，活火分新茶"，写一起畅谈，嬉闹舌辩，烹煮新茶，别有一番风趣。"虽非助帝功，其乐莫可涯。人生能如此，何必归故家？"表述对神仙生活的羡慕和感慨。"起来敛衣坐，掩耳厌喧哗"，醒来之后，仍然对梦境无限留恋。"敛衣坐"，写陷入沉思。"厌喧哗"，讨厌外面嘈杂的声音影响自己的追忆和回味，故而掩耳。实际是指厌恶外面世界"喧哗"，吵吵嚷嚷，尔虞我诈。随之发出无奈的感叹："心知不可见，念念犹咨嗟"，明知心里的念想是一种虚幻，这样的宁静，只会在梦境里出现，然而还是百般留恋。

全诗写得洒脱飘逸，想象丰富，富有浪漫色彩。有仙骨神韵，在李清照诗作中，可谓独具一格。

题八咏楼

【原典】

千古风流八咏楼^①，江山留与后人愁。

水通南国三千里^②，气压江城十四州^③。

【注释】

①八咏楼：在宋代婺州（今浙江金华），原名元畅楼。宋太宗至道年间更名八咏楼，与双溪楼、极目亭同为婺州临观胜地。

②南国：泛指南方。

③十四州：宋两浙路计辖二府十二州（平江、镇江府，杭、越、湖、婺、明、常、温、台、处、衢、严、秀州），统称十四州。

【译文】

八咏楼的无限风采千古流传，放下对国事的忧愁（指北宋亡国），把它留给后人吧！

楼前的水道密集，似乎南下可通三千里，战略地位足以影响江南十四州的存亡。

【评解】

该诗作于宋高宗绍兴四年（1134），李清照避乱流寓金华，投奔当时在婺州任太守的赵明诚之妹婿李擢，卜居酒坊巷陈氏第。在金华期间，李清照还曾作《武陵春》词，感叹辗转漂泊、无家可归的悲惨身世，表达内心愁苦。又作《题八咏楼》诗，悲宋室之不振，慨江山之难守，感叹祖国山河破碎，徒成半壁，表现了强烈的忧国之情。

诗的首句"千古风流八咏楼"，从时间的纵向角度切入对八咏楼的描写，总括了这座历史名楼的人文地位，可谓笔调轻灵潇洒，比摹真写实更为生动传神。然而诗人却无心观赏这美丽的景色，由此陡然急转地引出下句"江山留与后人愁"，一个"愁"字，道出了飘零异乡的凄苦，也是为大好河山可能落入敌手而生发出来的家国之愁。这两句情感对比鲜明，让人印象深刻。"水通南国三千里，气压江城十四州"二句，以八咏楼为视点，展现了一幅开阔壮美的图画。"三千里"之遥和"十四州"之广极言婺州（今浙江金华）地位之重要。

这首诗，具有气象博大的特点，其"江山留与后人愁"之句，堪称千古绝唱。

偶成

【原典】

十五年前花月底①，

相从曾赋赏花诗②。

今看花月浑相似③，

安得情怀似往时④。

【注释】

①花月底：花前月下。

②相从：相伴随。赋：作。

③浑：完全，非常。

④安得：怎么能够。情怀：心情。往时：过去。

【译文】

十五年前的花前月下，我们一同游园并赏花作诗。而今看花还是与往年一样美好，可我的心情与往年却大不一样了。

【评解】

此诗写作者在丈夫死后，因眼前景致触发了情思，不禁追忆起当年与丈夫在一起的美好生活，并由此发出了感慨。诗中抚今忆昔，表现了诗人对亡夫的思恋哀悼之情。

前两句"十五年前花月底，相从曾赋赏花诗。"这是对十五年前幸福生活的追忆。月下赏花，赏心乐事，必然会在感情细腻的诗人心中留下深深的记忆。"花月底"指花前月下，也是古代谈情说爱的场景。"相从"，是指夫妻二人相伴相随。

"今看花月浑相似，安得情怀似往时"是诗人写这首诗的直接动因。她首先看到今夜的花月，有似曾相识的感觉，于是触景生情，十五年前的生活经历浮现眼前，跳入记忆。两个"似"字，前一个"似"是花和月似旧时，承接第一句的"花月底"，"安得"一词，是这两个"似"的转折；后一个"似"是心情再也不似旧时，让人感叹时间恍惚，物依旧却人不同。

这首睹物思人的抒情诗，短短四句，紧扣"花月"和"赏花"来写，结合个人沧桑经历进行今昔对比，将物是人非的主题表达得非常深切、沉痛。

咏史

【原典】

两汉本继绍①，新室如赘疣②。

所以嵇中散③，至死薄殷周④。

【注释】

①继绍：承传。

②新室：西汉末年，王莽建立的新朝。赘疣（zhuì yóu）：形容累赘无用之物。赘，多余。疣，肉瘤。

③嵇（jī）中散：三国时魏人嵇康在临死前所弹奏的曲子。嵇康，字叔夜，三国时期魏国文学家、思想家、音乐家，拜中散大夫不就，人称嵇中散。嵇康丰姿俊逸，放达不羁，与阮籍、山涛、向秀、刘伶、阮咸、王戎合称"竹林七贤"。有《嵇康集》传世。

④至死薄殷周：嵇康的朋友山涛任吏部郎迁散骑常侍后，向司马氏推举嵇康担任他的旧职。嵇康身为曹魏宗室，不齿山涛依附于司马氏的行为，于是遂与之绝交，并作《与山巨源绝交书》。其中有言：每非汤武而薄周孔。薄，鄙薄，瞧不起。殷周，指殷汤王和周武王。

【译文】

西汉和东汉虽非一朝却是承继关系，中间出来个新朝，就像多余无用的肉瘤。所以才有嵇康这样宁愿唱着广陵散而慷慨赴死的英雄，即使面对死亡也要写文章痛斥那些不守法纪纲常的人。

【评解】

这首诗当作于南渡时期，其主旨是对靖康之变后，金朝先后扶植的伪楚和伪齐两个傀儡政权进行嘲讽。诗人以"借古讽今"的写法，把南宋继承北宋，比作东汉继承西汉，把在金人统治者扶持下出现的伪楚、伪齐傀儡政权比作王莽的新室。并且表示，只有东汉继承的西汉，南宋继承的北宋才是正统政权，其他一切傀儡政权皆是多余的肉瘤，不应当承认。对于反对司马集团篡魏的嵇康，给予热情的赞颂。由此，表现了诗人对现状的愤慨和失望，以及对篡权者的有力鞭挞和批判。

在这首诗里，前后皆用典故，都是跟篡权有关。前两句，"新室"，指王莽新政，李清照以此比喻当时的伪齐、伪楚政权。又用嵇康与山涛绝交之事来贬低和嘲讽那些苟且偷生的不义之辈，显现出了其巾帼不让须眉之豪气。

感怀

【原典】

宣和辛丑八月十日到莱①，独坐一室，平生所见，皆不在目前。几上有《礼韵》②，因信手开之，约以所开为韵作诗③，偶得"子"字，因以为韵，作感怀诗。

寒窗败几无书史，公路可怜合至此④。

青州从事孔方兄⑤，终日纷纷喜生事⑥。

作诗谢绝聊闭门，燕寝凝香有佳思⑦。

静中吾乃得至交，乌有先生子虚子⑧。

【注释】

①宣和辛丑：即宋徽宗宣和三年（1121）。莱：莱州，今山东莱州市。当时赵明诚任莱州知州，李清照到莱州探望赵明诚。

②几上：案头。《礼韵》：宋代官颁韵书《礼部韵略》的简称，共五卷。

③约：拟定。

④公路：汉末袁术，字公路。《三国志·袁术传》注引《吴书》：

袁术兵败后，饥渴交至，叹曰："袁术至于此乎！"李清照诗中用以比喻室中空无所有。

⑤青州从事：指好酒。《世说新语·术解》："桓公有主簿，善别酒，辄令先尝。是谓青州从事，恶者谓平原督邮。"孔方兄：指钱。古钱外廓圆，内孔方，故名。

⑥生事：惹事。

⑦燕寝：本指帝王寝息之所，后指地方官员之公馆。

⑧乌有、子虚：司马相如《子虚赋》中虚拟的人物。

【译文】

宣和三年八月十日来到莱州，自己独自坐在一间房子里，向来喜欢的书籍，这间房子里都没有。案头上有本《礼韵》，随手翻开，拟以所翻开页上的字为韵来写诗。偶然翻到"子"字，于是以"子"字为韵，写了一首感怀诗。

破败的窗台和书案上没有一本诗书和史集，就好像袁术穷途末路时所说的一无所有。赵明诚每天从事于钱财经营，奔波于酒宴应酬，一天到晚就是这些无聊的闲事。写诗要闭门谢客，在自己的住处焚香静思才能有好的构思。在平静中我得到两个好友，即乌有先生和子虚先生。

【评解】

诗的序言部分写李清照到丈夫赵明诚任知州的莱州探望，却孤寂地独处一室，无聊之中，看不到室内有感兴趣的东西。随手翻开了案头上的一本《礼韵》，接着便消遣般地作起诗来。这首诗就是在这样的场景下写成的。

诗的开头两句"寒窗败几无书史，公路可怜合至此"，感叹居处凄寒冷落之状，并联想到当年袁术走投无路、身无一物的处境，以此来比喻丈夫所处的环境。虽然明写赵明诚物质上的缺失，但实写赵明诚在精神层次上的缺失。接着转入议论，"青州从事孔方兄，终日纷纷喜生事"，酒与钱是世人最热衷的东西，但追求过度，容易招惹是非，让人不得平静。此处以轻蔑的笔调道出了二者的本质。表明李清照认为赵明诚整

天忙于应酬太"俗"。五六句"作诗谢绝聊闭门，燕寝凝香有佳思"，这是诗人的自我安慰、自我排解之辞，写出了自己向往的生活，闭门谢客、凝香佳思、偶得佳句、人生知己，李清照把自己的情操、品格皆融于诗中。末尾二句"静中吾乃得至交，乌有先生子虚子"，于虚构之中，带有自嘲之意。在安静的环境里，诗人可以忘记"无史书"的乏味，避开烦心的俗事，而拥有两个至交的好友。通过想象中的友人相伴，突出了诗人的孤单寂寞。

其实，赵明诚虽处仕宦，其风雅素心不曾稍减。有知淄州时所书《白居易＜楞严经＞跋》为证，赵明诚不以"州守"为重，而以"有素心之馨"为得；复从其夫妇"相对展玩，狂喜不支"的情景尤可想其为人，或为李清照的要求甚高。

这首诗虽得之偶然，但感怀言志，也是触景生情，或对"喜生事"的不满，或有"静中吾乃得至交"的调侃，虽寂寞之中，不失情趣，由此显得格调清新。

钓台

【原典】

巨舰只缘因利往^①，

扁舟亦是为名来^②。

往来有愧先生德^③，

特地通宵过钓台^④。

【注释】

①巨舰：大船。

②扁舟：小船。

③先生德：先生，指严光。宋范仲淹守桐庐时，于钓台建"严先生祠堂"，并为之作记，其中云："先生之德，山高水长。"

④通宵过钓台：严光不为名利所动，隐居不出，后人每每自愧不如，故过钓台者，常于夜间往来。

【译文】

大船只是因为谋利才前往，小船也是为了沽名而来。先生的品德使往来的人惭愧，他们只得趁着黑夜悄悄地过钓台。

【评解】

此诗对汉代隐士严子陵表示崇敬，对为名缰利索所羁的世人作了形象的刻画。诗人承认自己挣脱不开名缰利索，同时也是不愿为名缰利索所羁。诗题之"钓台"，指位于浙江省富春山麓的严子陵钓台。严子陵名光，是东汉时期的隐士。他与刘秀是朋友，刘秀称帝（汉光武帝）后请严光做官，严光拒绝，隐居在浙江富春江。

前两句"巨舰只缘因利往，扁舟亦是为名来"，"巨舰"指的是追求财富并极力去获取的人；"扁舟"指通过攀附权贵而谋取名利的人。这两句是说追名逐利的凡夫俗子太多，与隐者严子陵不为名利所动、洁身自好的品德相违背，从而表现出严子陵不图名利的高尚品格。后两句"往来有愧先生德，特地通宵过钓台"，描绘出了当时社会追逐名利的现象，并对谋取个人利益、不以国家前途为虑的人进行了讥刺和嘲讽。"先生德"指严子陵之德，以用典的手法，突出严子陵的淡泊不仕的情操。范仲淹在桐庐做太守时，在钓台曾建严先生祠堂，并在记文中写道："云山苍苍，江水泱泱。先生之风，山高水长。"

全诗通过前后对比，道出了诗人洁身自好、不图名利的情操。

夏日绝句

【原典】

生当作人杰①，死亦为鬼雄②。

至今思项羽③，不肯过江东④。

【注释】

①人杰：人中的豪杰。汉高祖曾称赞开国功臣张良、萧何、韩信是"人杰"。

②鬼雄：鬼中的英雄。屈原《国殇》："身既死兮神以灵，子魂魄兮为鬼雄。"

③思：追思，怀念。项羽：即楚霸王。秦朝末年他率领民众起义，曾摧毁秦朝主力军。秦亡后他和刘邦争夺天下，兵败自杀。

④江东：项羽当初随叔父项梁起兵的地方。

【译文】

生在世间应当做人中豪杰，死后也要做鬼中英雄。

直至今天人们仍在怀念项羽，因为他不肯苟且偷生，退回江东。

【评解】

这是一首流传很广的五言绝句，起调高亢，诗意明朗，既是咏史，也是言志。诗中运用项羽故事，赞美了他不肯忍辱偷生的英雄本色。

"生当作人杰，死亦为鬼雄"，言简意深，笔力凝重，其振聋发聩的气魄，所向无惧的人生姿态，直达人的心与脊骨。不仅表现了对楚霸王人生观的深刻理解，更张扬了宁可玉碎、不为瓦全的人生哲学。在李清照以"婉约派之宗"而著称文坛的光环映彻下，本诗如此笔端千钧，其刚韧之坚，气势之大，世间须眉之人也难有几人可匹敌。"至今思项羽，不肯过江东"，女诗人追思楚霸枭雄项羽的精神和气节，痛恨宋朝当权者苟且偷安的时政。项羽垓下一战，为刘邦所败，退至乌江时，以"无颜见江东父老"而自杀，此事的得失可置之不论，但视死如归的豪壮气概，无疑令人感动。

这首诗短短二十个字，却穿越历史的风云，阐明了人生的价值取向：人活着就要作人中的豪杰，死也要为国捐躯，成为鬼中的英雄。爱国激情，溢于言表。诗人鞭挞南宋当权派的无耻行径，借古讽今，正气凛然，发出了沉痛悲愤的心声。如此慷慨雄健、掷地有声的诗篇，出自女性之手，实是难能可贵。

春残

【原典】

春残何事苦思乡①，病里梳头恨发长。

梁燕语多终日在②，蔷薇风细一帘香③。

【注释】

①春残：暮春。何事：为什么。

②梁燕语多：指梁上的燕子不停地呢喃。欧阳修词《蝶恋花》："梁燕语多惊晓睡，银屏一半堆香被。"

③蔷薇：蔷薇花。细：轻柔。

【译文】

春天快要过去了，不知为何思乡之苦愈烈。病中无心呵护头发，梳理起来恨头发太长。房梁上的燕子每天都在呢喃。微风一吹，送来满屋的蔷薇花香。

【评解】

此诗当作于绍兴二年（1132）晚春时节。诗人定居杭州，春季患病，病中愈加思念亡夫与故乡而作此诗。

"春残何事苦思乡"，春残时节，万花纷谢，更易引发对美好事物的眷恋与感伤。句中一"苦"字，显其思乡之程度。"病里梳头恨发长"，此句把思乡的心情推进得愈发强烈。病中的人思乡情绪往往更浓、更切，又由于病中无力，所以无心去呵护秀发，自然梳起头来也嫌发丝太长。"梁燕语多终日在"，本来动听温柔的燕语呢喃，如今却也变得厌倦了，这样的描写，更加烘托了思乡的主题和氛围。结尾句"蔷薇风细一帘香"，在微风之中，帘外的蔷薇花传来阵阵的幽香，这花香本可怡情，但此时也是徒劳，甚至更加重了烦闷的思乡之情。同时，这送进室内的蔷薇花香，又让诗人追忆起从前和丈夫赵明诚一起赏花作诗的场面。

此诗凸显了李清照诗风婉约的鲜明特点。

上枢密韩肖胄诗二首

【原典】

绍兴癸丑五月，枢密韩公、工部尚书胡公使虏，通两宫也。有易安室者，父祖皆出韩公门下，今家世沦替，子姓寒微，不敢望公之车尘。又贫病，但神明未衰落。见此大号令，不能忘言，作古、律诗各一章，以寄区区之意，以待采诗者云。

其一

三年夏六月，天子视朝久。

凝旒望南云①，垂衣思北狩②。

如闻帝若曰，岳牧与群后③。

贤宁无半千④，运已遇阳九⑤。

勿勒燕然铭⑥，勿种金城柳⑦。

岂无纯孝臣⑧，识此霜露悲⑨。

何必羹舍肉⑩，便可车载脂⑪。

土地非所惜，玉帛如尘泥。

谁当可将命，币厚辞益卑⑫。

四岳佥曰俞⑬，臣下帝所知。

中朝第一人⑭，春宫有昌黎⑮。

身为百夫特⑯，行足万人师。

嘉祐与建中⑰，为政有皋夔⑱。

匈奴畏王商⑲，吐蕃尊子仪⑳。

夷狄已破胆，将命公所宜。

公拜手稽首，受命白玉墀㉑。

曰臣敢辞难，此亦何等时。

家人安足谋，妻子不必辞。

愿奉天地灵，愿奉宗庙威。

径持紫泥诏㉒，直入黄龙城㉓。

单于定稽颡㉔，侍子当来迎。

仁君方恃信㉕，狂生休请缨。

或取犬马血，与结天日盟。

胡公清德人所难，谋同德协心志安。

脱衣已被汉恩暖，离歌不道易水寒。

皇天久阴后土湿，雨势未回风势急。

车声辚辚马萧萧㉖，壮士懦夫俱感泣。

间阎嫠妇亦何如㉗，沥血投书干记室㉘。

夷虏从来性虎狼㉙，不虞预备庸何伤㉚。

衷甲昔时闻楚幕㉛，乘城前日记平凉㉜。

葵丘践土非荒城㉝，勿轻谈士弃儒生㉞。

露布词成马犹倚㉟，崤函关出鸡未鸣㊱。

巧匠何曾弃樗栎㊲，刍荛之言或有益㊳。

不乞隋珠与和璧㊴，只乞乡关新信息㊵。

灵光虽在应萧萧㊶，草中翁仲今何若㊷。

遗氓岂尚种桑麻㊸，残虏如闻保城郭。

嫠家父祖生齐鲁，位下名高人比数。

当时稷下纵谈时㊹，犹记人挥汗成雨。

子孙南渡今几年，飘流遂与流人伍㊺。

欲将血泪寄山河，去洒东山一抔土㊻。

其二

想见皇华过二京㊼，壶浆夹道万人迎㊽。

连昌宫里桃应在㊾，华萼楼前鹊定惊㊿。

但说帝心怜赤子㉛，须知天意念苍生㉜。

圣君大信明知日㉝，长乱何须在屡盟㉞。

【注释】

①凝旒（liú）：旒，古代帝王之冕前后所悬垂的玉穗。凝旒，形容帝王态度肃穆专注。南云：南天之云。天子面南而坐，故有此云。

②垂衣：言天下太平而无为。《周易·系辞》："黄帝、尧、舜，垂衣裳而天下治，盖取诸乾坤。"北狩：狩，本意为狩猎，引申为出巡。

宋徽、钦二宗被掳北去，不敢明言，托词出巡，故曰北狩。

③岳牧：岳，尧帝时以上善和之四子分掌四岳诸侯。牧，一州之长为牧。岳牧，指朝廷百官。群后：各位诸侯，泛指百官。

④半千：古人以"半千"为贤者兴起之时。如《新唐书·员半千传》："半千始名余庆，生而孤，为从父鞠爱。羁通书史。客晋州，州举童子，房玄龄异之。对诏高第，已能讲《易》《老子》。长与何彦光同事王义方。以迈秀见赏。义方常曰：'五百载一贤者生，子宜当之。'因改今名。"

⑤阳九：指岁月充满灾难。古称4617岁为一元，初入元106岁中，将逢灾岁九，为阳九（《汉书·律历志》）。晋刘琨《劝进表》："方今钟百王之季，当阳九之运。"故阳九为厄运。诗中以阳九代指"靖康之难"。

⑥燕然铭：燕然，山名。《后汉书·窦宪传》："窦宪、耿秉与北单于战于稽落山，大破之。虏众奔溃，单于遁走……宪、秉

遂登燕然山，出塞三千余里，刻石勒功，纽汉威德，令班固作铭。"

⑦金城柳：用晋桓温北伐故事。《晋书·桓温传》："温自江陵北伐，行经金城，见少为琅邪时所种柳皆已十围，慨然曰：'木犹如此，人何以堪！'攀枝执条，泫然流涕。"

⑧纯孝臣：《左传·隐元年》："颍考叔，为颍谷封人……君子谓颍考叔纯孝也。"

⑨霜露悲：指怀念父母之趣。《礼记》："霜露既降，君子履之，必有凄怆之心，非其寒之谓也。春雨露既濡，君子履之，必有怵惕之心，如将见之。"

⑩羹舍肉：用颍考叔事。《左传·隐元年》："颍考叔为颍谷封人……公赐之食。食舍肉。公问之。对曰：'小人有母，皆尝小人之食矣；未尝君之羹，请以遗之。'公曰：'尔有母遗，繄我独无！'颍考叔曰：'敢问何谓也？'公语之故，且告之悔。对曰：'君何患焉？若阙地及泉，隧而相见，其谁曰不然？'公从之。"

⑪车载脂：以油脂涂车辖（可以走得快一些）。《诗经·卫风·泉水》："载脂载牵。"

⑫币：此指贡献给金人的钱物。

⑬四岳佥（qiān）曰俞：四岳，四方诸侯之长。《尚书·尧典》："帝曰：咨，四岳。"注："四岳即上善和之四子，分掌四岳之诸侯，故称焉。"佥，全，皆。俞，表示答应的语气词。

⑭中朝第一人：指唐代人李揆。唐肃宗时宰相。肃宗称其"门第人物、文学皆当世第一"。后李揆奉命出使外蕃，外蕃酋长问他："闻唐

有第一人李揆，公是否？"李揆恐被拘，故答道："非也。彼李揆安肯来邪。"

⑮春宫：相当于后世之礼部。昌黎：唐代韩愈。韩愈曾被追赠礼部尚书，此以韩愈代指韩肖胄。

⑯百夫特：杰出人物。《诗经·黄鸟》："维此奄息，百夫之特。"郑注："百夫之中最雄俊也。"

⑰嘉祐：宋仁宗赵祯年号。建中：即建中靖国，宋徽宗赵佶年号。

⑱皋夔（gāo kuí）：指皋陶和夔的并称。皋陶，虞舜时为狱官。夔，舜时乐正也。

⑲王商：汉成帝之母王太后之弟，曾代匡衡为相。《汉书·王商传》："为人多质，有威重，长八尺余，身体鸿大，容貌甚过绝人。河平四年，单于来朝，引见白虎殿。塞相商坐未央庭中，单于前拜谒商，商起离席与言。单于仰视商貌，大畏之，迁延却退。天子闻而叹曰：此真汉相矣。"

⑳子仪：唐代名将郭子仪。

㉑白玉墀（chí）：以白玉为阶，代指官殿。

㉒紫泥诏：皇帝的诏书，用紫泥缄封。

㉓黄龙城：指金国大本营。在今吉林省农安县。

㉔稽颡（qǐ sǎng）：古代跪拜礼，以额触地，表示非常虔诚。

㉕恃信：依仗信誉。

㉖辚辚：形容车声。萧萧：形容马鸣叫之声。

㉗闾阎嫠（lí）妇：闾阎，民间。嫠妇，寡妇。

㉘沥血投书：沥血，指立誓。投书，递交书信。

㉙夷虏：指金统治者。性虎狼：本性如虎狼般残暴。

㉚不虞预备：防范意外。不虞，出乎意外。庸何伤：有什么害处呢？

㉛衷甲：衷，同"中"。中甲，即将甲穿在衣服以内。《左传》记载，楚人欲于盟会时突袭晋，兵士皆将甲穿在衣服里面，使晋人不防备。

㉜乘城：登上城楼。平凉：地名，在今甘肃省。《唐书·马越传》记载：唐贞元三年五月十五日，浑威与吐蕃相盟于平凉，吐蕃埋伏重兵突然袭击。

㉝葵丘践土：葵丘，春秋时宋国地名，在今河南省境内。《左传·僖公九年》："夏，公会宰周公、齐侯、宋子、卫侯、郑伯、许男、曹伯于葵丘。"践土，地名，在今河南省。晋文公曾于此与齐、宋、郑、卫等国会盟。

㉞谈士：口舌善辩的人。儒生：遵从儒家学说的人，泛指读书之人。

㉟露布：军旅文书，此指告捷文书。马犹倚：语出《世说新语·文学》："桓宣武北征，袁虎时从，被责免官。会须露布文，唤袁倚马前令作，手不辍笔，俄得七纸，殊可观。东亭在侧，极叹其才，袁虎曰：'当令齿舌间得利。'"

㊱崤函关：函谷关。

㊲樗栎（chū lì）：不成材之木。比喻人才低下。

㊳刍荛（chú ráo）之言：割草打柴人说的话，指普通的浅陋言辞。

㊴隋珠：隋侯之珠，比喻珍贵的物品。《淮南子·览冥训》："譬如隋侯之珠，和氏之璧，得之者富，失之者贫。"和璧：即和氏璧。

㊵乡关：故乡。崔颢诗《黄鹤楼》："日暮乡关何处是？烟波江上使人愁。"

㊶灵光：汉鲁恭王殿名。王延寿《鲁灵光殿赋》："鲁灵光殿者，盖景帝程姬之子恭王馀之所立也……遭汉中微，盗贼奔突，自西京未央、建章之殿，皆见毁坏，而灵光岿然独存。"

㊷翁仲：秦阮翁仲，南海人。身长一丈三尺，气质端勇，异于常人。始皇使率兵守边，匈奴人惧怕之，死后秦始皇下令铸其铜像于咸阳宫司马门外。后人泛称坟墓或建筑物前的石像为翁仲。

㊸遗氓：即遗民。

㊹稷下：地名。在今山东省临淄。

㊺流人：流亡者。

㊻一抔土：一捧土。

㊼皇华：赞颂使臣之语，亦指皇帝派出之使臣。引据《诗经·皇华》："皇皇者华，君遣使臣也。送之以礼乐，言远而有光华也。"二京：指南京和东京。南宋使臣赴金，要经过南京（今河南商丘）、东京（今河南开封）两地。

㊽壶浆：古时百姓以壶盛浆慰劳义师。语出《孟子·梁惠王》："以万乘之国，伐万乘之国，箪食壶浆，以迎主师。"夹道：泛指许多人或物，排列在道路的两边。此指前来欢迎的人群。

㊾连昌宫：唐宫名，唐高宗时期建置，在洛阳。

(50)华萼楼：即花萼相辉楼。徐松《唐两京城坊考》："开元二十四年十二月，毁东市东北角道政坊西北角，以广花萼楼前地。置官后，宁王宪、申王捴、岐王范、薛王业邸第相望，环于宫侧，明皇因题花萼相辉之名，取诗人棠棣之意。"

(51)帝心：指皇帝的心中。赤子：这里指代百姓。

(52)须知：必须知道，应该知道。苍生：指百姓。语出《尚书·益稷》："光天之下，至于海隅苍生。"

(53)圣君：圣明的君主。形容德才高超的君王。

(54)长乱何须在屡盟：语出《诗经·巧言》："君子屡盟，乱是用长。"何须，何必，何用的意思。屡盟，一再会盟。屡，多次之意。

【译文】

其一

宋高宗绍兴三年夏天的六月间，高宗皇帝每次上朝亲政，都会坐在朝堂之上神情严肃地久久凝视，若有所思。

那一刻，头顶所戴的帝王之冕上前后悬垂的玉穗，一动不动，就那么面容庄重地望向南天之云。自从宋徽宗和宋钦宗二帝被金人掳走，押解北去之后，高宗唯恐天下民心不稳而不敢明言，只好托词说二帝是去出巡，而这期间，高宗自以为天下太平而无所为，整日里沉浸在思念之中，也真是令人费解。

如果听到一点点关于金人对二帝不利的消息，那些朝廷百官以及各路诸侯，都是束手无策，摇头叹息，甚至懦弱地提出向金人求和的谏言。古人曾说"五百载一贤者生"，可悲啊！偌大的朝廷，居然没有一个贤能之人应时而生，可见，如今朝廷遭遇"靖康之难"这样的厄运，早已是不可避免。

文武百官之中，不用说像后汉窦宪、耿秉与北单于在稽落山开战，大破贼虏，然后二人登上燕然山，出塞三千余里，刻石勒功、作铭那样的英雄气魄，更不用说像桓温北伐收复失地，胜利而归途经家乡，重见旧地杨柳那样，再现攀枝执条，泫然流涕的感人景象。

难道，当今世上再也没有如春秋郑国大夫颍考叔那样，勤政爱民、值得赞颂的纯孝之臣了吗？而且如他一样，深知君子不忍踩踏霜露的悲悯之情，能懂得郑庄公怀念父母之趣，知道如何孝敬父母的人吗？

而孝敬父母双亲，何必要学颍考叔，面对郑庄公赏赐的食物，自己舍不得吃而拿回家去给父母食用，其实，以油脂涂车辅，车就可以走得快一些，凡事都有它可以解决的办法。

自己国家的土地，却不把它们作为应珍惜的财物，为了求和，竟然拱手相让于野心贼寇，把贵重的金玉丝帛看成泥土尘灰一样微不足道，不知疼惜。

既然割地赔款已成定局，那么，谁有这个能力担任求和的使节奉命前去讲和呢？倘若没有能够胜任此事的外交官员进行巧言说辞，恐怕是赔的钱财越多，就会越显出卑贱之态，得不到任何益处，反而会有辱我们大宋朝的天威。

四方诸侯之长个个都唯唯诺诺，不敢挺身而出，看到这种情况，朝中臣子是怎样的人，作为皇帝自然会有所了解。

就像唐肃宗时期的宰相李揆，不愧为"朝中第一人"，后来李揆奉命出使外蕃，不但能全身而退，而且还能达成出使目的，唐朝时期有居于春宫之职的韩愈韩昌黎，我朝有担任尚书吏部侍郎的韩公您。

韩公您身为当朝的杰出人物，您的举手投足都受到世人敬仰，您是万万人之中的师者，人之楷模。

回望韩公祖上，您的曾祖韩琦宋仁宗嘉祐年间曾任宰相，祖父韩忠彦在宋徽宗建中年间也曾担任宰相。他们勤政爱民，都能像虞舜时期的皋陶一样，是难得的贤臣。

您就像汉成帝时期令匈奴人望而生畏的相国王商，高大威猛，威慑四方；

又像前唐时期，平定叛乱的大将郭子仪一样英勇无敌。当年吐蕃、回纥入侵之时，他们惧怕郭子仪将军，个个闻风丧胆，如今，皇上将要任命您前去谈和，应该是最适宜的人选了，那些入侵的夷狄贼寇，知道您要去，一定早已吓破了肝胆。

韩公您在宫殿的白玉阶前跪下并拱手至地，毕恭毕敬地向皇上叩首，接受前去和谈的旨意。

您领旨谢恩的时候大声说："臣惶恐，能领受圣上差遣之命，必当尽效犬马之劳，怎敢推辞，怎敢言说此番前去的困难之语，此刻，也正是效忠国家的重要关口，此时不挺身而出，还等待何时呢？

家中高堂老母文安郡太夫人，通情达理，对此事一定会大力支持，妻子和儿女也都深明大义，不必刻意解释说辞。

心中只盼望此番承奉天子之命，能够得到天地神灵的庇佑，唯愿先祖宗庙能够福荫后人，大显神威，助我顺利和谈。

一番慷慨激昂的言辞过后，您手持皇帝的任命诏书，快马加鞭直接奔向金人的大本营。

驻扎在那里的单于首领定会诚惶诚恐，带着所有侍从和随军陪侍左右的子嗣，一起出来迎接您的到来，然后以额触地，顶礼跪拜。

有道是：君子无信不立。只有像韩公您这样的仁义君子，一生都是依仗信誉行事，才能被他人敬仰，也终能成就谈和的大事，达成利于我大宋的合理条件。至于那些轻狂的儒生，或傲慢怯懦之人，无法担当如此重任，就不要妄言请命前往了，只怕是去了也难成大事。

跟您一同出使金国的副使胡松年，他为官清廉的高尚品德世人皆知，是一般人难以达到的，你二人在政治见解上时常是不谋而合，而且能够同心同德，所以，此番前去定会所向披靡，安然回返。

这时，有人取来犬马的鲜血，滴入酒水之中，你二人庄重地敬过天地，向上天立下盟誓，力求谈和成功。

想当年韩信深深地被汉王刘邦的"解衣衣我"之举而感动，为了感念这温暖之恩，全心全意跟随刘邦打天下；荆轲刺秦的离歌悲壮，令人慷慨激昂，萧萧劲风使易水岸边有道不尽的寒冷，也飘荡着大义凛然的铮铮正气。

朗朗皇天，倘若遭遇久久不散的阴云覆盖，后土之上，见不到阳光普照，必然就会阴暗潮湿，甚至会虫害滋生，而滂沱大雨的势头不减，丝毫没有回旋的意向，反而是风力凶险迅猛。但这一切并不能阻止两位使节傲然出行。

官道之上，车轮滚滚发出辚辚之声，不时传来萧萧马鸣，雄赳赳气昂昂的阵势，大振人心，不论是那些青春壮年，还是那些妇孺老者，个个激动不已，都感动得热泪盈眶，泣不成声。

像我这样一个生长在民间，动乱年代失去丈夫的寡妇，我也深知战争很无情，也知道身入金人虎穴的凶险，可又能怎样呢？也只能刺指滴血立下誓言，投送到官府的记室，虽然不能有花木兰一样的英雄气魄，但求能表达一下心愿。

金朝统治者的本性异常凶狠，个个如同虎狼一般残暴，所以此行一定要特别小心谨慎，如果不事先防范意外，谁知道会有什么伤害要发生呢？

我曾听说，古时候楚人想在会盟之时突袭晋人，便把甲胄穿在衣服里面，使晋人疏于防备而得逞，所以您二位也一定要将软甲穿在衣服中间夹层里面，以防金人偷袭。另外，登上平凉的城楼之时，也一定要格外小心，因为，据唐朝的史书记载，在唐贞元年间，浑瑊与吐蕃会盟于平凉，吐蕃人就曾在城中埋伏重兵，进行了突然袭击。

葵丘与践土这两个地方如今已经面目全非，成了一座荒芜的空城，想当年，齐桓公在葵丘会盟齐、鲁等各国诸侯，最终成就了千秋霸业，而晋文公也曾于践土与齐、宋、郑、卫等国会盟。到了那里，千万不要轻视那些口舌善辩的金国使节，也不可过于轻信，当然，也不要抛弃平淡无奇的读书儒生。

犹记得，晋代桓温领兵北征，命令袁虎速拟告捷文书，袁虎倚靠着战马，一会儿就写成了七张纸，而且写得很好，足见他的才思敏捷；

秦昭王图谋杀掉孟尝君，在他逃跑到函谷关的时候天还未亮，公鸡还没开始啼鸣，使他们无法出城，关键时刻多亏了他的手下宾客中有一人会学鸡叫，他们才顺利逃生。

审视一个人才，当如古代的匠伯，一个真正的巧匠，怎么可能眼中只有庞大的木材，而嫌弃一些不成材之木呢？就像那些地位低下的采薪捕鱼人说的话，或许，在有些时候也会大有裨益的。

我从不乞求能拥有隋侯那颗宛如月亮般的明珠，也不渴望得到楚人的和氏璧，只盼望能得到有关故乡的最新消息，每天都在思念之中，真不知那些幸存的亲友现在过得怎样。

汉鲁恭王建造的灵光宝殿如今虽然还存在，但经历多年的风吹雨打，加上金人霸占了那一带，现在应该早已是杂草丛生，萧条无比，咸阳宫司马门外，恐怕也是草莽森森了吧？那尊秦始皇时代猛将翁仲的石像，如今怎么样了呢？

现在，家乡的遗民家庭多数已经四分五裂，民不聊生，又怎么能安心种田纺麻呢？不知现在的故乡，是不是像传闻的那样，依然被凶残的金国统治者派重兵镇守着呢？真不知道这种不见天日的日子何时能够结束。

我的父亲与祖父都出生并生活在齐鲁大地，地位虽然不够显赫，但是名望很高，在家乡那一带，荣幸的是，能与他们相比的人数寥寥无几。

春秋战国时期，重视文教，这一带学馆颇多，又是天下太平，住在稷下的人们可以自由往来，纵横古今地高谈阔论，那时候，齐鲁大地人头攒动，一片繁荣，正如《战国策·齐策》中所描绘的那样："举袂成幕，挥汗成雨，家敦而富，志高而扬。"

然而，像我这样世代祖居在那里的子孙后代，却因为金人入侵，不得不南渡逃亡，至今已经有好几年了，不知何时才能回归故乡。我终日里过着流离失所的生活，于是，只能与流亡者为伍，提心吊胆地四处飘零。

既然有家难回，只想将我这满腔热血和汗水托寄给大宋河山，去洒向齐鲁大地，哪怕是洒在鲁地东山之上的一捧故土，也能得到一丝心安啊！

其二

要想看见皇帝派往金国探望徽宗、钦宗二帝的两位使臣，就要到南京和东京两地等候，因为这两城是使臣赴金国讲和的必经之地。得知这个消息以后，成千上万的百姓纷纷用竹篮盛着饭，用瓦壶盛着酒浆，站在道路的两边，翘首迎候，满脸的期盼之情。

洛阳城里，唐高宗时期建置的连昌宫，此时的桃花正欢喜地应时绽放，在遥相辉映的如盛开花萼般的华萼楼前，那些平日里喜欢唧唧喳喳的喜鹊们，在这欢喜的时刻，一定在以惊喜的心情迎候着肩负重要使命的两位使者。

假如皇帝的心中装着百姓，始终对臣民有怜惜之情，应该知道，这样做就是在顺应天意，因为天意的主旨就是要念及百姓的疾苦。

圣明的君主，您的德才与威信宏大，如同天上的太阳一样光芒万丈，在金人不断入侵，造成长久不息的战乱时期，不去寻求平定贼寇的对策，何必卑躬屈膝地一再去会盟呢？

【评解】

从本诗前面的引言中可知，该诗是写给枢密使韩肖胄的。韩肖胄为北宋名相韩琦之曾孙，时任尚书吏部侍郎，端明殿学士、签书枢密院事。胡公即胡松年，随韩肖胄出使金国，为副使。公元1133年（宋高宗绍兴三年），朝廷派遣二位出使金国，去探望被金国囚于北方的徽、钦二帝，李清照闻此消息后，按捺不住胸中涌动的情怀，提笔写下了一古一律两首诗，表达复杂的心境。

诗中先写唐高宗遣使通金的原因，即思念"北狩"的二帝。而诗人对于高宗为尽孝而一味求和的做法，不但没有表示赞扬，反而认为这种为了表达孝心而一味屈膝求和的做法，有辱国家的威严，百害无一利。为了说明表达孝心不止一种

方式，以及应该以保卫国家为主，她列举了郑庄公君臣对于孝敬母亲的不同做法，并反其意而抨击"愚孝"之弊，另外她主张要像窦宪那样，北破单于；像桓温那样，收复失地，重见旧地杨柳。

然而遗憾的是，这一切不过是平民的想法而已。既然割地赔款已成定局，那么，谁有这个能力担任求和的使节奉命前去讲和呢？倘若没有得力之人前去，恐怕只会赔了钱财之后，不但有辱国威、显出卑贱之态，或许还会无形之中助长敌人的气焰。由此便引出了这首诗的主要人物韩肖胄。

那么，韩公是怎样的一个人呢？诗人首先对他的品德才能予以高度赞扬，其中引用了古时贤相将才的典故，并且代为叙述了慷慨激昂的受命誓辞：舍弃对妻儿老母的牵挂，以国家利益为重，定会圆满完成谈和使命。通过对韩公在国家危难之时的大义凛然的褒奖，反衬了朝臣的懦弱，以及宋君的无能，同时希望韩公能像当年匈奴、吐蕃人害怕王商、郭子仪那样，慑服金人，达成合理的谈和条件。诗人发挥联想，运用韩信忠于汉室、荆轲刺秦的典故，衬托了此番赴金如同"易水寒"一样悲壮，而且凶险未卜，表达了诗人心中无比的敬佩之情。同时，又列举了古代会盟的典故，提醒两位使者要提高警惕，并以一个民间寡妇的身份，请求二位使者多带回一些家乡的消息，表达了思念家乡的深情和对在水深火热之中百姓的担忧，以及对敌人重兵镇守中原城郭的痛恨，并发出了"欲将血泪寄山河，去洒东山一抔土"的豪情慨叹。

第二首是七言律诗。诗中首联出句"皇华"，意在赞美南宋出使金朝的使者，是顶着极大光华之人，并以二人必经之路沿途百姓举"壶浆"夹道欢迎的场面来进一步肯定；颔联以唐朝繁华的"连昌宫"和"华萼楼"与上万人夹道欢迎的情景相互烘托，想象着宫殿的花木、鸟鹊也将以惊喜的心情迎候两位使者的欢乐场面，体现此行是民心所向；颈联以"帝心怜赤子""天意念苍生"，点明皇帝的江山社稷要以百姓为重，才能众望所归，顺应天意，以保昌盛。尾联表面在称颂高宗为圣明君主，信义如太阳一样光芒万丈，实则是对赵构采取妥协的讥讽和批评，暗示如果不图恢复，只是屡次会盟讲和，只能助长祸乱。这对南宋朝廷来说，是逆耳的忠言。因为宋高宗赵构为了保住自己的皇位，不顾国土割让；不管父兄在金遭受苦难，情愿向金人进贡赔钱。此举引起了民怨，也引起了诗人的不满。

　　李清照虽然不是政治家，但她却能以政治家的目光，对当前形势以及抗敌主张进行了阐述。这两首诗中，她对处于水深火热中的中原人民表示了关切和怀念，殷切希望恢复失地。同时，尖锐地指出了敌人的掠夺本质和朝廷的懦弱无能，表达了深刻的忧国忧民的思想和感情。

第三部分　附录

1. 词论

【原典】

乐府声诗并著①，最盛于唐。

开元、天宝间②，有李八郎者③，能歌擅天下。时新及第进士开宴曲江④，榜中一名士，先召李，使易服隐姓名，衣冠故敝⑤，精神惨沮⑥，与同之宴所。曰："表弟愿与坐末⑦。"众皆不顾。既酒行乐作，歌者进，时曹元谦、念奴为冠⑧，歌罢，众皆咨嗟称赏⑨。名士忽指李曰："请表弟歌。"众皆哂⑩，或有怒者。及转喉发声，歌一曲，众皆泣下。罗拜曰⑪：此李八郎也。"

自后郑、卫之声日炽⑫，流靡之变日烦⑬。已有《菩萨蛮》《春光好》《莎鸡子》《更漏子》《浣溪沙》《梦江南》《渔父》等词⑭，不可遍举⑮。

五代干戈，四海瓜分豆剖⑯，斯文道息⑰。独江南李氏君臣尚文雅⑱，故有"小楼吹彻玉笙寒""吹皱一池春水"之词⑲。语虽甚奇，所谓"亡国之音哀以思"也⑳。

逮至本朝㉑，礼乐文武大备。又涵养百余年㉒，始有柳屯田永者㉓，变旧声作新声，出《乐章集》，大得声称于世；虽协音律，而词语尘下㉔。

又有张子野、宋子京兄弟，沈唐、元绛、晁次膺辈继出㉕，虽时时有妙语，而破碎何足名家！至晏元献㉖、欧阳永叔㉗、苏子瞻㉘，学际天人㉙，作为小歌词，直如酌蠡水于大海㉚，然皆句读不葺之诗尔㉛。又往往不协音律，何耶？

盖诗文分平侧㉜，而歌词分五音㉝，又分五声㉞，又分六律㉟，又分清浊轻重㊱。且如近世所谓《声声慢》《雨中花》《喜迁莺》，既押平声韵㊲，又押入声韵；《玉楼春》本押平声韵，有押去声，又押入声。本押仄声韵，如押上声则协；如押入声，则不可歌矣。王介甫㊳、曾子固㊴，文章似西汉㊵，若作一小歌词，则人必绝倒㊶，不可读也。

乃知词别是一家，知之者少。后晏叔原㊷、贺方回㊸、秦少游㊹、黄鲁直出㊺，始能知之。又晏苦无铺叙㊻。贺苦少典重。秦即专主情致，而少故实㊼，譬如贫家美女，虽极妍丽丰逸，而终乏富贵态。黄即尚故实而多疵病，譬如良玉有瑕，价自减半矣。

【注释】

①声诗：指可以演唱的五言、七言诗。

②开元、天宝：唐玄宗李隆基的年号。

③李八郎：李衮，唐代有名歌唱者。唐李肇《国史补》中对此人有记载。

④曲江：地名，在长安城东南。

⑤故敝：破旧。

⑥惨沮：沮丧。

⑦坐末：犹陪在下座，指坐在不显眼的末座。

⑧曹元谦、念奴：二者皆唐代有名歌唱者。

⑨咨嗟：感叹的意思。

⑩哂（shěn）：冷笑。

⑪罗拜：团团下拜。

⑫郑、卫之声：本指春秋郑国、卫国音乐。这里指靡靡之音。

⑬烦：多，烦琐，不扼要。

⑭《菩萨蛮》等：都是词牌名称。

⑮遍举：一一列举。

⑯瓜分豆剖：形容四分五裂。

⑰斯文：文化，文明。

⑱李氏君臣：指南唐李璟、李煜父子与冯延巳等人。

⑲"故有"句：《南唐书·冯延巳传》"元宗尝戏延巳曰：'吹皱一池春水，干卿何事？'延巳答：'未如陛下小楼吹彻玉笙寒。'元宗悦。"

⑳亡国之音哀以思：语出《礼记·乐记》。

㉑逮：及，到。

㉒涵养：滋润养育。

㉓柳屯田永：北宋词人柳永，官至屯田员外郎。

㉔尘下：庸俗低下。

㉕张子野等：皆为宋代词人。

㉖晏元献：北宋词人晏殊，卒谥元献。

㉗欧阳永叔：欧阳修，字永叔。

㉘苏子瞻：苏轼，字子瞻。

㉙天人：形容学问深不可测。

㉚酌蠡（lí）：舀取。蠡，瓠瓢。

㉛句读：古时称文词停顿的地方叫做句或读。连称句读时，句是语意完整的一小段，读是句中语意未完、语气可停的更小的段落。葺（qì）：整理。

㉜平侧：平仄。

㉝五音：指宫商角徵羽五个音阶，即为唇、齿、喉、舌、鼻发之音。

㉞五声：指阴平、阳平、上声、去声、入声，五个声调。

㉟六律：即黄钟、太簇、姑洗、蕤宾、夷则、无射。

㊱清浊轻重：即清音、浊音、轻声、重声。

㊲近世：指北宋后期。《声声慢》等：皆词牌名。

㊳王介甫：王安石，字介甫。

㊴曾子固：曾巩，字子固。

㊵西汉：指以司马迁为代表的西汉文风。

㊶绝倒：笑倒。

㊷晏叔原：晏几道，字叔原。

㊸贺方回：贺铸，字方回。

㊹秦少游：秦观，字少游。

㊺黄鲁直：黄庭坚，字鲁直。

㊻又：表转折的意思。铺叙：铺陈，叙写。

㊼故实：典故，史实。

【译文】

古乐府歌与诗并列发展的最高峰，是盛唐时期。

在唐朝开元、天宝年间，有一位名为八郎李衮的人，擅长唱歌而且妙绝天下。那时候，刚刚及第的进士们在曲江大开宴席，其中有一位榜上有名的进士，先是招呼李八郎过来，然后让他换掉自己的衣服，故意穿一身破旧的衣裳，戴一顶旧帽子，隐瞒自己的真实姓名，并装成神情十分惨淡的样子，跟自己一同去参加曲江及第进士的宴席。到达宴席后，这位进士对众人说："这是我的表弟，让他坐在不显眼的末席吧。"所有参加宴会的人都对此毫不在意。众人继续边饮酒边听歌，参与唱歌的人轮流高歌，其中，只有曹元谦和念奴这两个人歌唱得最好。唱完后，大家对他们二人的歌声连连惊呼，赞赏不已。这时，那位名士忽然指向李八郎对大家说："稍后请让我表弟也为大家演唱一首歌吧。"众人都讥讽地冷笑起来，甚至有的人站起来怒斥阻止。等到李八郎一曲歌唱完以后，那深沉流转的歌声引得众人都激动地哭了起来，纷纷惊诧地站起身，然后团团围在李八郎的身边拱手相拜，赞不绝口地说："你肯定就是大名鼎鼎的李八郎啊！"

从此以后，郑地和卫地的乐声更加流行起来，这些靡靡之音的柔糜之处、音节变化也日见烦琐。唐朝时便已经开始有了《菩萨蛮》《春光好》《莎鸡子》《更漏子》《浣溪沙》《梦江南》《渔父》等曲调，在这里就不一一列举了。

到了五代的时候，普天下各路诸侯割据争霸，如同剖开豆丸一样四分五裂，造成中华大地战乱不断，文化文明扫地，甚至仁道尽失，便更无人作新曲沿途传唱了。好在南唐李璟、李煜父子与冯延巳等君臣，尚还持有温文尔雅之风，因此时有新作问世，譬如著名的作品就有李璟的《浣溪沙》、冯延巳的《谒金门》等，其中"小楼吹彻玉笙寒""吹皱一池春水"更是人们交口称赞的名词佳句。句子虽然很奇特，也很优美，但有道是"要灭亡的国家所唱出来的歌声也带着很深的哀伤，以至于令人深思不已"啊。

到了宋朝，礼仪、声乐、文章、武功都已经齐备，又滋润、濡养了百

余年，才有柳屯田柳永这个人，开始引领北宋词人变乐府旧声为新声，并且著有《乐章集》，自此后声名鹊起，成为宋词大家而著称于世。柳永所作的词虽然音律听起来很协调，但词句语意却极其庸俗低下，甚至让人无法忍耐。后来接连有张子野（张先）、宋子京（宋祁）宋公序（宋庠）兄弟以及沈唐、元绛、晁次等文学后辈之人相继出现，使宋词创作一度出现了百花齐放的现象，虽然他们时时都有妙语佳句出炉，而读起来韵律欠佳，词不达意，通篇大有支离破碎之感，又拿什么足以成为名家！到了晏元献（晏殊）、欧阳永叔（欧阳修）、苏子瞻（苏轼）这些人的时代，他们都是学海之中难以望其项背的天才之人，创作填写这些微不足道的歌曲词赋，简直就像是拿着葫芦做的瓢去大海里舀取海水一样轻而易举，然而他们所作的词，都是一些文词停顿没有经过整理的诗罢了，而作为词，又往往不协音律，这是为什么？

这是因为诗和文章只需要分平仄就可以了，而词却要分宫、商、角、徵、羽五个音阶，又分为阴平、阳平、上声、去声、入声这五个声调，又分出黄钟、太簇、姑洗、蕤宾、夷则、无射这六律，还要分发音的清、浊、轻、重。比如当世的那些命名为《声声慢》《雨中花》《喜迁莺》的词牌写法，既可以押平声韵，又可以押仄声韵；《玉楼春》本应该押平声韵，可有的人押去声，同时又押入声。像那些本来是押仄声韵的，如果押上声韵，那么则与音律协调；可如果押入声韵，那就不能将这首词作为歌曲去唱了。王介甫（王安石）、曾子固（曾巩），他们的文章与西汉时的文风相似，但如果让他们来作这小小的歌词，那么所有人必然都会被笑倒，因为这样的词实在是没有办法诵读下去啊。

于是，通过对比这些差异我们就知道了，词与诗是有区别的，而且是各成一家，但知道这些的人却很少。直到后来晏叔原（晏几道）、贺方回（贺铸）、秦少游（秦观）和黄鲁直（黄庭坚）等人一出现，才得以参透这词中三昧。但令人苦恼的是，晏几道的词短于铺叙。而贺铸的词短于用典。秦观的词虽然专心致力于婉约、深情的韵致，但词中却缺少典故史实，就像一个贫穷人家的美丽少女，虽然长得极其漂亮，也很丰盈飘逸，然而骨子里却始终缺乏富人家女子那种与生俱来的富贵神态。黄庭坚的词倒是很善于运用典故史实，却有很多小毛病，就像是一块珍贵的美玉，却有一点瑕疵，所以价值自然就要打些折扣了。

【评解】

这篇《词论》约是李清照于南渡之前所著的一篇关于词的专论文章。文中首先通过唐代有名歌唱者李八郎参加进士歌宴一歌惊四座的事例叙述了词的源流，暗示了词的

震撼力，继而经过时间推演到唐五代衰落后，南唐李璟君臣的再度兴起，直到宋朝时期的百家争鸣。这一系列的演变过程，也正是词完善提高的过程。

李清照针对历代词人的作品，利用对比方法阐述了词的雅俗以及音律问题，进而提出了词"别是一家"之说，强调了词与诗的分别，以及词牌对应曲调演唱所应具备的重要条件，系统地归纳了优秀词作的标准——高雅浑成、五音五调和六律的协调性、避开词短、无铺叙的缺憾，更不能失去故实典重。

纵观我国两千多年的文学史，女性能依据创作经验写理论文字的，在李清照之前可以说是闻所未闻。虽然这篇《词论》寥寥百十句，却能达到言简意赅，颇有洞见。评论犀利，却不失严谨，精准地指出了作为耐读的好词，需要具备格调高、有情致、协音律的必要因素。尽管李清照的这篇《词论》，曾被一度称为"妄评"，但如今已与她那"花间第一流"的词一起，成为中华民族文学宝库的珍贵遗产。不得不承认，李清照的词与她的词论，对于后世的词的发展有着举足轻重的作用。

2. 金石录后序①

【原典】

右金石录三十卷者何②？赵侯德甫所著书也③。取上自三代④，下迄五季⑤，钟、鼎、甗、鬲、盘、匜、尊、敦之款识⑥，丰碑、大碣⑦，显人、晦士之事迹⑧，凡见于金石刻者二千卷，皆是正伪谬⑨，去取褒贬，上足以合圣人之道，下足以订史氏之失者，皆载之，可谓多矣。

呜呼，自王播、元载之祸⑩，书画与胡椒无异；长舆、元凯之病，钱癖与传癖何殊⑪。名虽不同，其惑一也⑫。

【注释】

①金石录后序：这是李清照为其夫赵明诚所著《金石录》一书而写的后序。此序当作于绍兴四年。

②右：以上。后序写在书末，所以称"右"。

③赵侯德甫：唐时以州、府长官称侯，宋代称知州为侯。因赵明诚曾任莱州、淄州、建康府及湖州长官，故称赵侯。德甫：赵明诚，字德甫，又作"德父"。

④三代：指夏、商、周三个朝代。

⑤五季：即五代后梁、后唐、后晋、后汉、后周。

⑥钟：青铜铸乐器。鼎：青铜铸炊具。甗（yǎn）：陶制炊具。鬲（lì）：陶制炊具。匜（yí）：青铜制盛水器。敦（duì）：青铜制食器。款识（zhì）：铭刻在金石器物上的文字。

⑦丰碑、大碣（jié）：古以长方形刻石为碑，圆形刻石为碣。丰，大。

⑧晦士：指隐士。

⑨是正：订正。伪谬（miù）：亦作"伪缪"，意为讹错、错误之意。

⑩王播：唐文宗时期人。据考证此名字为李清照笔误，应是王涯。王涯，字广律，唐文宗时人，酷爱收藏。甘露之变，为宦官所杀，家产被抄没，所藏书画，尽弃于道。元载：唐代宗时宰相，为官贪横，好聚敛。后获罪赐死抄没其家产时，仅胡椒即有八百石。（均见《析店书》）

⑪"长舆、元凯"句：据《晋书·杜预传》："预常称（王）济有马癖，（和）峤有钱癖。武帝闻之，谓预曰：'卿有何癖？'对曰：'臣有《左传》癖。'"和峤，字长舆。杜预，字元凯。

⑫惑：迷惑，痴迷。

【译文】

以上这本《金石录》三十多卷的内容是谁的著作呢？是我的先夫郡侯赵德甫所撰写的。这本著作所涵盖的内容丰富，它远自夏、商、周三朝开始写起，近到不远的后梁、后唐、后晋、后汉、后周这五代为止，凡是铸在钟、鼎、甗、鬲、盘、匜、尊、敦之上的题款铭记，还有那些雕刻在长方形高大石碑或者圆形石碣上的显贵之人以及山林隐士的事迹，但凡是刻在这些金石之物上的文字都进行了归纳整理，总共撰写了二千卷，而且对其中文字的谬误、出现的异文等全都给予校正修改，并进行了汰选和品评。所有修正以后的篆文，上足以符合圣人的道德标准，下足以帮助今后的史官修订先人遗留下来的失误之处，这些都在这本书中做了详细记载，内容可以称得上是完整全面了。

唉！自从唐代的文官王涯"甘露之变"被宦官所杀、为官贪敛的宰相元载遭到皇帝赐死之后，仿佛书画跟胡椒所惹之祸没什么不同；而晋人长舆所患的"钱"癖与元凯所患的"左传"癖，又有什么不同呢？虽然，看起来癖病的名称不相同，但他们所痴迷的程度都是一样的。

【原典】

余建中辛巳①，始归赵氏②。时先君作礼部员外郎③，丞相时作吏部侍郎④。侯年二十一⑤，在太学作学生⑥。

赵、李族寒，素贫俭。每朔望谒告出⑦，质衣，取半千钱⑧，步入相国寺⑨，市碑文果实归⑩，相对展玩咀嚼，自谓葛天氏之民也⑪。

后二年，出仕宦，便有饭蔬衣练⑫，穷遐方绝域⑬，尽天下古文奇字之志⑭。日就月将⑮，渐益堆积。丞相居政府，亲旧或在馆阁⑯，多有亡诗、逸史，鲁壁、汲冢所未见之书⑰，遂力传写，浸觉有味，不能自已⑱。后或见古今名人书画，一代奇器，亦复脱衣市易。

尝记崇宁间⑲，有人持徐熙牡丹图，求钱二十万⑳。当时虽贵家子弟，求二十万钱，岂易得耶。留信宿㉑，计无所出而还之。夫妇相向惋怅者数日㉒。

【注释】

①建中辛巳：宋徽宗建中靖国元年（1101）。

②归：嫁。

③先君：指作者父亲李格非。旧称过世的父亲为先君、先父。礼部员外郎：礼部的分曹办事官员。

④丞相：指赵明诚的父亲赵挺之，曾官至尚书右仆射（相当于丞相）。吏部侍郎：吏部副长官。

⑤侯：指赵明诚。

⑥太学：古代国家的最高学府。

⑦朔望：阴历每月初一为朔日，十五日为望日。谒（yè）告：谒见。

⑧质：典当。半千：五百。

⑨相国寺：北宋时汴京（今河南开封）最大的寺庙，也是当时著

名的集市。

⑩市：购买。

⑪葛天氏：传说中远古时代的帝王，其时民风淳朴，安居乐业。

⑫饭蔬衣绨（shū）：吃穿简单随意。蔬，蔬菜。绨，粗帛，古代一种像苎布的稀疏的织物。

⑬遐（xiá）方绝域：远方荒僻之地。

⑭古文奇字：指秦汉碑版刻石之文字。

⑮日就月将：日积月累。

⑯馆阁：掌管国家图书、编修国史的机构。

⑰亡诗、逸史：泛指散失的历史文化资料。亡诗，《诗经》305 篇之外的周诗。鲁壁、汲冢（zhǒng）：泛指出土文物。汲，即《汲冢纪年》，又称《竹书纪年》《古文纪年》，是春秋时期晋国史官和战国时期魏国史官所作的一部编年体通史，于西晋咸宁五年（279），被汲郡（今河南汲县）人盗发自战国时期魏襄王（或曰魏安釐王）的墓葬中。全书共十三篇，叙述夏、商、西周和春秋、战国的历史，按年编次。周平王东迁后用晋国纪年，三家分晋后用魏国纪年，至魏襄王二十年为止，是中国古代唯一留存的未经秦火的编年体通史。对研究先秦史有很高的史料价值。冢，墓。

⑱浸：渐渐。

⑲崇宁：宋徽宗年号（1102—1106）。

⑳徐熙：五代时南唐著名画家。

㉑信宿：两夜。

㉒惋怅：叹惋惆怅。形容感到惋惜而很不开心的样子。

【译文】

我自从宋徽宗建中靖国元年嫁给赵明诚以后，便开始成为赵氏家族的一员。当时我的先父是礼部员外郎，明诚的父亲是礼部侍郎，也是后来的当朝丞相，我的丈夫赵明诚年方二十一岁，正在太学当学生。

赵、李两家祖上本是寒门，所以向来秉承清贫俭朴的家风。每个月的初一和十五，我的丈夫赵明诚都要请假出去，顺便把衣服典押在当铺里，取五百铜钱，走进大相国寺附近的集市，购买一些碑文和果品。等他回到家以后，我们二人面对着买回来的碑文一起欣赏玩味，自以为夫妻二人像远古时代葛天氏的臣民那样幸福和快乐。

我们结婚两年以后，赵明诚出仕成为了朝廷官员，我们立下共同的志愿，即使节衣缩食，也要走遍四方荒远之地，尽全力把天下自秦汉以来碑版刻石的古文奇字全部搜集起来。就这样日积月累，收集的碑文也越积越多。因为赵明诚的父亲在朝中任职，而且家中还有一些亲戚和老朋友掌管国家图书或者是在编修史志，所以也能经常看到像《诗经》所收编以外的周诗、正史以外的逸史，以及从鲁国孔子旧壁中、汲郡魏襄王墓中发掘出来的《汲冢纪年》等诸多从来没有见过的古文经传和竹简文字。于是，我们就尽全力用心抄写，渐渐深入其中，感觉趣味无穷，简直到了难以自控的地步。从那以后，如果偶然遇到古今名人的书画墨迹，或者是夏、商、周三代的奇异罕见的器皿物件，明诚也还是坚持脱下衣服去当了，然后果断地把它买下来。

曾记得宋徽宗崇宁年间，有一个人拿来一幅南唐徐熙所画的《牡丹图》，要价二十万钱才肯卖出。当时即使是官宦子弟，但是要想筹备二十万钱，谈何容易啊！我们留他住两夜，答应他马上就去筹钱，然而，终因没有办法拿出这么多钱而只好还给了卖家。然后，我们夫妻二人怅然相对而坐，都流露出无比惋惜的样子，还因此而不开心了好几天。

【原典】

后屏居乡里十年①，仰取俯拾②，衣食有余。连守两郡③，竭其俸入，以事铅椠④。

每获一书，即同共勘校⑤，整集签题。得书、画、彝⑥、鼎，亦摩玩舒卷⑦，指摘疵病，夜尽一烛为率⑧。故能纸札精致，字画完整，冠诸收书家。

余性偶强记，每饭罢，坐归来堂烹茶⑨，指堆积书史，言某事在某书、某卷、第几叶⑩、第几行，以中否角胜负⑪，为饮茶先后。中即举杯大笑，至茶倾覆怀中，反不得饮而起。

甘心老是乡矣。故虽处忧患

困穷，而志不屈。

收书既成，归来堂起书库，大橱簿甲乙⑫，置书册。如要讲读，即请钥上簿⑬，关出卷帙⑭。或少损污，必惩责揩完涂改，不复向时之坦夷也⑮。是欲求适意，而反取憀慄⑯。

余性不耐⑰，始谋食去重肉⑱，衣去重采⑲，首无明珠、翠羽之饰，室无涂金、刺绣之具。遇书史百家，字不刓缺⑳，本不讹谬者，辄市之㉑，储作副本。自来家传周易、左氏传㉒，故两家者流，文字最备。于是几案罗列，枕席枕藉㉓，意会心谋，目往神授㉔，乐在声色狗马之上㉕。

【注释】

①屏（bǐng）居：退职闲居。赵挺之罢相后不久死去，亲旧多遭迫害。赵明诚被罢官后携李清照返回到青州故里。

②仰取俯拾：指多方谋求衣食。

③连守两郡：赵明诚自宋徽宗宣和三年（1121）至宋钦宗靖康元年（1126）先后至莱州、淄州。

④铅椠（qiàn）：书写用具。铅为铅条，椠为木板。这里指校勘、刻写。

⑤勘校（kān jiào）：校勘，审核校对。

⑥彝（yí）：青铜制祭器。

⑦摩玩舒卷：反复观赏，爱不释手。

⑧疵病：缺点，毛病。率（lǜ）：限度。

⑨归来堂：赵李二人退居青州时住宅名，取陶渊明《归去来兮辞》意。

⑩叶：同"页"。

⑪角（jué）：角逐，较量。

⑫簿甲乙：分类登记。

⑬请钥：取钥匙。上簿：登记。

⑭关出：检出。卷帙（zhì）：泛指书籍，也可指书籍或文章的篇幅。古时候把可舒卷的书籍叫卷，编次的叫帙。

⑮坦夷：随意无所谓的样子。

⑯憀慄（liáo lì）：不安貌。

⑰不耐：无能，缺乏持家的本事。

⑱重肉：两样荤菜。

⑲重采：两件绸衣。

⑳刓（wán）缺：磨损残缺。

㉑讹谬（é miù）：指差错谬误。辄（zhé）：总是，就。

㉒周易、左氏传：即《周易》《左传》。

㉓枕藉（jiè）：本意为枕头、垫席。引申为纵横交错地躺卧在一起，此指堆积。

㉔神授：神往。

㉕声色狗马：指富贵子弟喜好的歌儿舞女、斗鸡走狗之娱。

【译文】

后来，由于赵明诚的父亲被罢相后不久就去世了，那时亲旧多数都遭到迫害，赵明诚也遭到诬陷而被追夺回赠官，他只好带我回到青州故乡，闲居了十年。有道是：仰起头必有所取，俯下身必有所拾。

这期间，我夫妻二人多方谋求衣食，虽然清苦，但由于我们坚持勤俭持家，慢慢也过上了衣食无忧的生活。不久后，赵明诚又回到朝廷为官，接连做了莱州和淄州两地的知州郡守，就这样，生活有了富余，他几乎把所有俸禄都拿出来用于收藏了，买了一些刻写用具，以便进行书籍的校勘与刻写。

每得到一本书，我们就一起审核校对，整理归类并编制成集，然后再题上书名。每当得到古人珍贵的书法、画卷以及像彝、鼎这类的青铜制器具古玩等，就一起欢喜地摩挲把玩或舒展开来细细欣赏，指摘这些物件上存在的缺点、毛病等不足之处。每晚都是等到一支蜡烛燃尽，才恋恋不舍地回房睡觉。因此所收藏的古籍信札，都能做得十分精致，就连古人流传下来的字画也都修复完整，自信能超过许多收藏家。

我天性博闻强记，每天吃完饭以后，我就和赵明诚坐在归来堂里烹茶，我们喜欢指着堆积在书架上的史书，说出某一个典故出自某书某卷第几页第几行，然后二人以猜中与否来角逐胜负，并以胜负结果来决定饮茶的先

后顺序。猜中了的时候便举杯开心地大笑，以至于常常不小心把茶倒在了自己怀里，沾湿了衣裳，只好赶紧欢笑着跳起身来抚弄衣襟，反而是白白浪费了一杯茶，饮不到一口。

那种快乐简直无可取代，真心甘愿这样过一辈子！虽然生活不是很富裕，仍然处于忧患困苦之中，但心中曾经立下的志愿从没有被贫困所动摇。

收集书籍的相关事宜既然已经基本完成，就在归来堂中建起了一个大大的书库，把大橱编上了甲乙丙丁的号码，里边整齐地置放好书册。如果需要讲解赏读，就拿来钥匙打开书橱，在备好的簿子上登记，然后找出所要看的书籍。如果偶尔发现谁把书籍损坏或弄脏了一点，定要责令其轻揩干净并涂改正确，不再像平时那种什么都无所谓的样子了。收藏书籍本来是为了寻求舒适惬意，如今反而弄得心生不安，处处小心翼翼了。

以我天生的性子是实在不能忍耐的，但为了节约开销，就想办法不吃第二道荤菜，不穿第二件绣有纹彩的贵重衣裳，头上也不佩戴明珠翡翠之类的名贵首饰，室内不摆设镀金刺绣的豪华家具。这样就能节省下来很多钱，如果遇到史上诸子百家中想要的书籍，只要书中的字没有出现残缺磨损，书的版本正规没有差错谬误的，就会马上买下来，小心地储存起来作为副本。自古以来，书香门第都喜欢把《周易》和《左传》作为家传古籍，所以这两家的书籍最为流通，原有两个版本源流，文字也最为完备。就这样，我们快乐地把这些著名典籍罗列在几案上，堆积在枕席间。我们之间只要一个意会，就能与对方心里不谋而合，只要一个眼神，就能彼此心领神会，这种和谐与藏书的快乐，远远超过那些追逐歌舞女色、斗狗走马的低级趣味的人。

【原典】

至靖康丙午岁①，侯守淄川②，闻金寇犯京师，四顾茫然，盈箱溢箧③，且恋恋，且怅怅，知其必不为己物矣。

建炎丁未春三月④，奔太夫人丧南来⑤。既长物不能尽载⑥，乃先去书之重大印本者，又去画之多幅者，又去古器之无款识者，后又去书之监本者⑦，画之平常者，器之重大者。凡屡减去，尚载书十五车。至东海⑧，连舻渡淮⑨，又渡江，至建康⑩。青州故第⑪，尚锁书册什物，用屋十余间，冀望来春再备船载之。十二月，金人陷青州，凡所谓十余屋者，已皆为煨烬矣⑫。

【注释】

①靖康丙午岁：宋钦宗靖康元年（1126）。

②淄（zī）川：即淄州，今山东淄博。

③箧（qiè）：装东西的小箱子。

④建炎丁未：宋高宗建炎元年（1127）。

⑤太夫人：指赵明诚之母。

⑥长（zhǎng）物：多余之物。

⑦监本：国子监刻印的版本。

⑧东海：即海州，今江苏连云港一带。

⑨舻（lú）：大船。

⑩建康：六朝时期的地名。今属南京一带。

⑪青州：今山东青州。

⑫煨（wēi）烬：灰烬。煨，热灰。

【译文】

到了宋钦宗靖康元年，明诚做了淄州知州，但那一年并不太平，当他听说金军进犯京师汴梁，一时间很茫然，看着家里大箱子已经装得满满的、小箱子里也都快散落出来的书籍，真是既恋恋不舍，又怅惘不已，心知战乱来临，这些东西带不走，必将不再是归自己所有了。

高宗建炎元年三月间，赵明诚的母亲在故乡建康去世，赵明诚因此要前去南边奔丧，暂时不能回来。看着眼前所有的物品不能全部载去，很是焦急又没办法，于是只好先把书籍中那些厚重超大的印本去掉，然后又把藏画中重复的几幅去掉，再把古器中没有款识的挑出来去掉。后来又经过一番筛选，去掉了书籍中的国子监刻本，还有画卷中那些相比之下的平平之作，以及古器中又重又大的几件藏品。经过多次忍痛割爱地削减去除，还是装了满满十五车。等到了海州，雇了好几艘大船总算渡过了淮河，接着又渡过长江，最后才到达建康。等到了青州的老宅院一看，那里还锁着不计其数的书册、家什物件，整整占用了十多间房屋，赵明诚说，等到转过年的春天再备船把它装走，带回我们自己的住处。然而不幸的是，到了十二月的时候，金兵攻陷青州，这十几屋的东西，尽数化为灰烬。

【原典】

建炎戊申秋九月①，侯起复知建康府②。己酉春三月罢③，具舟上芜湖④，入姑孰⑤，将卜居赣水上⑥。

夏五月，至池阳⑦。被旨知湖州⑧，过阙上殿⑨。遂驻家池阳，独赴召。六月十三日，始负担，舍舟坐岸上，葛衣岸巾⑩，精神如虎，目光烂烂射人⑪，望舟中告别。余意甚恶⑫，呼曰："如传闻城中缓急⑬，奈何？"戟手遥应曰⑭："从众。必不得已，先弃辎重，次衣被，次书册卷轴，次古器，独所谓宗器者⑮，可自负抱，与身俱存亡，勿忘之。"遂驰马去。

途中奔驰，冒大暑，感疾。至行在⑯，病疟⑰。七月末，书报卧病。余惊怛⑱，念侯性素急，奈何。病疟或热，必服寒药，疾可忧。遂解舟下⑲，一日夜行三百里。比至，果大服柴胡、黄芩药⑳，疟且痢，病危在膏肓㉑。余悲泣，仓皇不忍问后事。八月十八日，遂不起。取笔作诗，绝笔而终，殊无分香卖屦之意㉒。

【注释】

①建炎戊申：建炎二年（1128）。

②起复：指古时官员遭父母丧，守制尚未满期而应召任职。

③己酉：建炎三年（1129）。

④芜湖：今安徽芜湖。

⑤姑孰：今安徽当涂。

⑥赣（gàn）水：即赣江。

⑦池阳：今安徽贵池。

⑧湖州：今浙江吴兴一带。

⑨过阙上殿：指朝见皇帝。

⑩葛衣岸巾：穿葛布衣，戴着露额头的头巾。

⑪目光烂烂射人：《世说新语·容止》："裴令公目王安丰：目烂烂如岩下电。"形容目光富于神采。

⑫意甚恶：情绪很不好。

⑬缓急：偏义复词，指危急。

⑭戟手：举手屈肘如戟状。据徐培均先生《李清照集笺注》，此处的"戟手"理解为怒骂。因为面对李清照的疑问，赵明诚是以怒骂的语气来回答的，他嫌她啰唆，嫌她纠缠不清。那一刻，丈夫的手指在李清照的眼前忽然变成了一把锋利的戟，反射出可怖而刺目的光芒。

⑮辎（zī）重：指沉重的包裹衣物等物品。宗器：宗庙所用的祭器、乐器。这里指最为贵重之物。

⑯行在：皇帝出外居留之所。这里指建康。

⑰痁（shān）：疟疾。

⑱惊怛（dá）：惊惧忧虑，形容极度忧伤的样子。

⑲遂：便，于是，就。

⑳柴胡、黄芩（qín）：两味退热的中药。

㉑膏肓（huāng）：《左传·成公十年》："在肓之上，膏之下，攻之不可，达之不及，药不至焉，不可为也。"

㉒分香卖屦（jù）：指就家事留遗嘱。曹操《遗令》："余香可分与诸夫人，不命祭。诸舍中无所为，学作履组卖也。"屦，麻鞋。李清照用这个典故，指出了丈夫对身后事的不负责任，也表达出自己心中的埋怨和无奈。

【译文】

宋高宗建炎二年秋九月，赵明诚丧母守制尚未满期便又应召回朝，被任命为建康府知府，但好景不长，建炎三年春三月又被罢官，我们只好一起搭船去往芜湖。到了当涂以后，打算在赣江一带找个地方居住下来。

入夏的五月，快到贵池的时候，皇帝又传来圣旨，要任命赵明诚为湖州知州，需立刻上殿朝见皇帝领旨谢恩。于是，我们决定就近把家暂时安置在贵池，然后他一人奉旨入朝。六月十三日开始挑起行李，舍身登岸，回京的当天，他穿着一身葛布夏衣，戴着露出前额的头巾，端坐在岸上，看上去十足的精神，像个获胜的老虎一样，神采奕奕的目光直向人射来，向回返船上的我告别，此刻我的情绪很不好，大喊道："假如听到城里战争局势紧急，面对这么多的金石书画，我该怎么办呀？"他举手屈肘如戟状，远远地回答道："跟随众人吧！实在万不得已，先丢掉包裹箱笼那样的重物，再丢掉衣服被褥，再丢掉书籍画册卷轴，还不行的话，就再丢掉古董器具，唯独那些宗庙祭器和礼乐之器，你必须自己抱着或是背着，与你的身体共存亡，千万不要忘记！"说罢便头也不回地策马而去。

为了尽快赶到皇帝身边领旨，他一路上不停地骑马飞奔，冒着炎热的暑气，不幸感染疾病。等到达皇帝行宫所在的建康时，又患了严重的疟

疾。当年七月底，从湖州传来书信告诉我说他病倒了。我听到这个消息以后真是又惊又怕又担心，想到赵明诚向来都是性子很急，更何况是生了疟疾这样令人无可奈何的病呢？患了疟疾有时会浑身发热，他一定会服用凉药，那么他的病非但不能好转，反而会更令人担忧了。越想越担心他的病情，于是我赶紧乘船东下，一昼夜赶了三百里路程。到达他的住所以后，方知赵明诚果然服用了大量的柴胡、黄芩等凉药，严重的疟疾再加上止不住的痢疾，使他身体严重虚弱，已经病入膏肓，危在旦夕。我不禁悲痛万分，不住流泪，看到他痛苦的神情似乎不愿开口说话，我也不忍心问及他的身后事该如何安排。到了八月十八日，他便不再起来，只是取笔作诗，绝笔而终，竟然没有如曹操那样"分香卖屦"的遗嘱。

【原典】

葬毕，余无所之。朝廷已分遣六宫①，又传江当禁渡。时犹有书二万卷，金石刻二千卷，器皿、茵褥②，可待百客，他长物称是③。余又大病，仅存喘息。事势日迫。念侯有妹婿，任兵部侍郎④，从卫在洪州⑤，遂遣二故吏，先部送行李往投之⑥。冬十二月，金寇陷洪州，遂尽委弃。所谓连舻渡江之书，又散为云烟矣。独余少轻小卷轴书帖、写本李、杜、韩、柳集⑦，《世说》《盐铁论》⑧，汉唐石刻副本数十轴，三代鼎鼐十数事⑨，南唐写本书数箧，偶病中把玩，搬在卧内者，岿然独存⑩。

【注释】

①分遣六宫：疏散宫中妃子、宫女等人。

②茵褥：枕席、被子之类。

③他长物称是：其余用物与此数相当。

④兵部侍郎：掌管兵部的副长官。

⑤从卫：担任皇帝的侍从、警卫。洪州：今江西南昌。

⑥部送：押送。

⑦李、杜、韩、柳集：唐代著名文学家李白、杜甫、韩愈、柳宗元的作品集。

⑧《世说》：即《世说新语》，南朝宋刘义庆著。《盐铁论》：汉桓宽著。

⑨鼐（nài）：大鼎。十数事：十余种。

⑩岿（kuī）然独存：指遭劫难而得幸存者。汉王延寿《鲁灵光殿赋》："西京未央建章之殿，皆见隳（huī）坏，而灵光岿然独存。"

【译文】

等把赵明诚安葬完毕，我茫茫然不知该到什么地方去。建炎三年七月，时局更加动荡不安，皇上已经把后宫的嫔妃、宫女全部疏散出去，又听说长江一些流域正在禁渡。当时家里还有书二万卷，金石刻二千卷，所有的器皿、被褥，足足可以供百人所用，至于其他物品，数量之多也可与此相当。

由于忧伤与劳累过度，我终因力不能支而生了一场大病，虚弱得只剩下一口气。时局越来越紧张，日子越来越不好过，忽然想到赵明诚有个妹婿，在朝中任兵部侍郎，此刻正以后宫护卫的身份在洪州护驾。机会难得，我马上派两个老管家先

将一些出行必备的行李用品分批送到妹婿那里去。谁知到了冬季十二月，金人竟步步紧逼攻陷了洪州，所以这些先行运过去的东西便全数丢失。就连那些所谓一艘接着一艘运过长江的书籍，也像云烟一般无声地消失了，只剩下少数分量轻、体积小的卷轴书帖，以及写本李白、杜甫、韩愈、柳宗元的诗文集，还有《世说新语》《盐铁论》，汉、唐石刻副本数十轴，另外还有三代鼎鼐十几种和为数不多的几箱南唐写本书。看着这些藏品，总是心潮起伏，病中偶尔近前欣赏也算是有所安慰，于是便把它们搬到卧室之内精心保管，这些物件可谓是经历劫难后而得幸存的宝贝了。

【原典】

上江既不可往①，又虏势叵测②，有弟远任敕局删定官③，遂往依之。到台④，台守已遁。之剡⑤，出睦⑥，又弃衣被。走黄岩⑦，雇舟入海，奔行朝⑧，时驻跸章安⑨，从御舟海道之温⑩，又之越⑪。庚戌十二月⑫，放散百官，遂之衢⑬。绍兴辛亥春三月⑭，复赴越，壬子⑮，又赴杭⑯。

【注释】

①上江：指今安徽一带，以其在今江苏上游故名。

②叵（pǒ）测：不可测度。

③远（háng）：李远。敕（chì）局删定官：负责编辑皇上诏令的官员。

④台：台州，今浙江临海。

⑤剡（shàn）：剡溪，著名的风景胜地，在今浙江嵊县。

⑥出睦（mù）：出睦州。今浙江一带。

⑦黄岩：今浙江黄岩。

⑧行朝：同"行在"。指皇帝出外时临时居留之所。

⑨驻跸（bì）：指皇帝停留。章安：属台州，在今浙江临海东南。

⑩温：温州，治所在今浙江温州。

⑪越：越州，治所在今浙江绍兴。

⑫庚戌：建炎四年（1130）。

⑬衢（qú）：衢州，治所在今浙江衢县。

⑭绍兴辛亥：宋高宗绍兴元年（1131）。

⑮壬（rén）子：绍兴二年（1132）。

⑯杭：杭州，今浙江杭州。

【译文】

既然长江上游已经不能前往，再加上目前敌人的势态难以预料，此刻的我真是寸步难行！忽然想起我有个兄弟叫李远，在朝中任敕局删定官，便决定前去投靠他。当我历尽艰辛赶到台州时，台州太守已经弃城逃走；我转而赶到剡县，出睦州，这期间为了行动方便，又丢掉衣物被褥急奔黄岩，然后雇船入海路而行，就这样一路紧紧追随出行中的朝廷。这时的高宗皇帝正好暂时停驻在台州的章安镇。于是，我跟随皇上的御舟从海道去往温州，接着又到了越州。直到建炎四年十二月，皇上有旨命郎官以下官吏分散出去，我的希望又破灭了，于是我就到了衢州暂时停留下来。绍兴元年春三月，我又重返越州；绍兴二年，又来到杭州。

【原典】

先侯疾亟时①，有张飞卿学士，携玉壶过，视侯，便携去，其实珉也②。不知何人传道，遂妄言有颁金之语③。或传亦有密论列者④。余大惶怖，不敢言，亦不敢遂已，尽将家中所有铜器等物，欲走外廷投进⑤。到越，已移幸四明⑥。不敢留家中，并写本书寄剡。后官军收叛卒，取去，闻尽入故李将军家。所谓岿然独存者，无虑十去五六矣⑦。惟有书画砚墨⑧，可五七簏⑨，更不忍置他所。常在卧塌下，手自开阖。

在会稽⑩，卜居土民钟氏舍。忽一夕；穴壁负五簏去⑪。余悲恸不已，重立赏收赎。后二日，邻人钟复皓出十八轴求赏，故知其盗不远矣。万计求之，其余遂不可出。今知尽为吴说运使贱价得之⑫。所谓岿然独存者，乃十去其七八。所有一二残零不成部帙书册，三数种平平书帙，犹复爱惜如护头目⑬，何愚也耶。

【注释】

①疾亟（jí）：病危。

②珉（mín）：似玉的石头。

③颁金：分取金银财物。

④密论列：秘密举报。

⑤外廷：同"行朝"。投进：进献。

⑥幸：皇帝光临称"幸"。四明：即明州，今浙江宁波。

⑦无虑：大约。

⑧惟有：唯一仅有。

⑨篽（lù）：竹箱。

⑩会稽：今浙江绍兴。

⑪卜居：择地而居。此指找个地方租住。穴壁：在墙上打洞。

⑫吴说（yuè）：宋代著名书法家。时任福建路转运判官，故称运使。

⑬如护头目：好像保护头与眼睛一样。

【译文】

先夫赵明诚病重之时，有一个张飞卿学士，带着玉壶前来看望他，随即又带走了，其实，那只不过是用一块形状似玉的美石雕成的而已。不知是谁传出去胡言，于是就有了"分赐金人"之类的谣言中伤他，还传说有人已经暗中上表，进行检举和弹劾。我一听，这件事非同小可，大有涉及通敌之嫌，我非常惶恐，不敢出头解释，也不敢就此算了，便把家里所有的青铜器等古物全部拿出来，准备向掌管国家符宝的外庭投递上去。我匆匆赶到越州之时，得知皇上已驾幸四明。我不敢把东西留在身边，连同写好的上奏书一起寄放在剡县。后来朝廷官军搜捕叛逃的士兵时把它带走，之后听说这些东西全部归入前李将军家中。所以说，这些我自以为"岿然独存"的东西，无疑是又去掉十分之五六了。唯一幸存的只有书画砚墨，还能装满五六个竹箱，再也舍不得放在别处，常常偷偷欣赏以后再小心翼翼地藏在床榻之下，亲手保管。

在会稽的时候，我借住在当地居民钟氏家里。忽然有一天夜里，有人把墙壁掘开一个洞后偷偷背走了五筐。再一次损失心爱之物，我伤心极了，决心重金悬赏，一定要把它们收赎回来。两天以后，果然有邻人钟复皓拿出十八轴书画前来求赏，因此知道那盗贼其实离我并不远。为了顺藤摸瓜找回其余的藏品，我千方百计地恳求他，然而他老奸巨猾，那些剩余的珍品便再也不肯拿出来。到了今天我才知道，原来这些物件都被福建转运判官吴说以极其低廉的价格买去了。到如今，我这仅有的所谓"岿然独存"的东西，已去掉了十分之七八。所剩下一二件残余零碎的，只有不成部帙的书册三五种。这些平平庸庸的书帖，我竟然还像保护头脑和眼珠一样爱惜它，这多么愚蠢啊！

【原典】

今日忽阅此书，如见故人。因忆侯在东莱静治堂①，装卷初就，芸签缥带②，束十卷作一帙。每日晚吏散③，辄校勘二卷④，题跋一卷⑤。此二千卷，

有题跋者五百二卷耳。今手泽如新⑥，而墓木已拱⑦，悲夫！

昔萧绎江陵陷没，不惜国亡，而毁裂书画⑧；杨广江都倾覆，不悲身死，而复取图书⑨。岂人性之所著，死生不能忘之欤？或者天意以余菲薄⑩，不足以享此尤物耶⑪？抑亦死者有知，犹斤斤爱惜⑫，不肯留在人间耶⑬？何得之艰而失之易也！

【注释】

①故人：故去的人。此指已经去世的赵明诚。东莱：即莱州。静治堂：当为赵明诚与李清照家里的书斋名。

②芸签缥（piāo）带：芸签：用芸草制成的书签。缥带：用来束扎卷轴的丝带。

③吏散：相当于今之"下班"。

④辄（zhé）：就，总是。

⑤题跋（bá）：写在书籍、碑帖、字画等前面的文字叫做题，写在后面的叫做跋，总称题跋。

⑥手泽：亲手书写之墨迹。

⑦墓木已拱：指死已多时。《左传·傅公三十二年》："尔何知？中寿，尔墓之木拱矣。"拱，两手合围。

⑧"萧绎"句：梁元帝，名绎字世诚，自号金缕子。西魏伐梁，江陵陷没，他"聚图书十余万卷尽烧之"。（见《南史·梁元帝纪》）

⑨"杨广"句：据唐颜师古撰传奇《南部烟花录》载，其死后显灵将生前所珍爱的书卷尽数据为己有。

⑩菲薄：薄弱，指命薄。

⑪尤物：特异之物。

⑫斤斤：过分着意，过度计较琐碎之事物的意思。

⑬耶：文言疑问词，无实意。相当于"呢""吗"。

【译文】

今天，忽然翻阅这本《金石录》，仿佛又见到了故去的亲人。因此，又想起赵明诚在莱州静治堂整理书籍时的情景。那时，他把这卷书刚刚装订成册，插上精致的芸草书签，束以缥带，然后每十卷作为一帙。每天晚上从吏府回到家中以后，他便固定校勘两卷，题跋一卷。这二千卷中，有题跋的就有五百零二卷。如今，他题写的手迹仿佛还是新的一样，可是他墓前的树木，已经有两手合抱那样粗壮了，悲伤啊，我可怜的夫君！

回忆往昔，当年梁元帝萧绎看到都城江陵被攻陷的时候，他不去痛惜和反思国家的灭亡，反而去焚毁十四万册图书；隋炀帝杨广在江都遭到逆臣反叛而覆灭，不以其身死为可悲，反而在死后还能把唐人载去的图书重新夺回来据为己有，这样的传说倒是很令人称奇。难道人性之所专注的东西，能够逾越生死而念念不忘吗？或者天意如此，认为我资质薄弱，生来薄命，不足以享有这些珍奇的物件吗？抑或是明诚死而有知，对这些东西还是特别着意爱惜而不肯留在人间吗？为什么得来非常艰难而失去又是如此容易啊！

【原典】

呜呼，余自少陆机作赋之二年①，至过蘧瑗知非之两岁②，三十四年之间，忧患得失，何其多矣！然有有必有无，有聚必有散，乃理之常。人亡弓，人得之③，又胡足道！所以区区记其终始者④，亦欲为后世好古博雅者之戒云⑤。

绍兴二年、玄黓岁⑥，壮月朔甲寅⑦，易安室题。

【注释】

①少陆机作赋之二年：指十八岁。陆机，西晋著名文学家。杜甫《醉歌行》："陆机二十作文赋。"

②过蘧瑗（qú yuàn）知非之两岁：指五十二岁。《淮南子·原道训》："蘧伯玉年五十而知四十九年之非。"蘧瑗，字伯玉，春秋时卫国大夫。

③"人亡弓"句：《孔子家语·好生》："楚王出游，亡弓。左右请求之。王曰：'止。楚王失弓，楚人得之，又何求之！'孔子闻之，惜乎其不大也。不曰'人遗弓，人得之'而已，何必楚也！"

④区区：犹方寸。形容一颗诚挚的心。

⑤戒：鉴戒。

⑥"绍兴"句：写此序的年代多有争议，疑似后人传误。绍兴二年，即1132年。玄默（yì），《尔雅·释天》："太岁……在壬曰玄默。"绍兴二年适为壬子年。绍兴二年对李清照来说是一个多事之秋，这年的春夏她得了重病，又因与张汝舟的离异诉讼吃官司、坐牢……在这种情况下，她哪里会有心思去整理《金石录》并撰写《后序》？而绍兴四年则正是赵明诚逝世五周年，是时痛定思痛而作《后序》，似乎更能顺理成章。

⑦壮月：八月。

【译文】

唉！西晋著名文学家陆机二十岁时能作《文赋》，而我在比他小两岁的时候就已嫁到赵家；蘧瑗行年五十而知四十九岁之非，如今我已经比蘧瑗知非之年大两岁，在这三十四年之间，我的忧患与得失，是何其多啊！然而世间万物，有有必会有无，有聚必会有散，这是人世间的常理。有人丢了弓，自会有人拾到它，又有什么值得计较的呢？因此我以真挚的方寸之心记述了这本书的始末，也想为后世好古博雅之士，留下一点鉴戒。

绍兴二年，太岁在壬，八月初一甲寅，易安室题。

【评解】

《金石录后序》是李清照为先夫赵明诚的金石学名著《金石录》一书所作的序言，相当于她晚期的一篇回忆性散文，因为宋史中没有李清照的传记，所以重新审视这篇后序就会发现，她娓娓道来的回忆正是研究她生平史实最宝贵的文献资料。文章恰是李清照个人生活、家庭背景以及她所处的那个动荡时代社会现象的真实写照。我们从中不光能看到他们夫妻志同道合，也看到了李清照对丈夫的些许不满，感受到了蕴含其中的那一丝对先夫隐性的抗争，无形中使序文上升到争取女权的某种高度。

赵明诚生前自己写了书的前序，并请好友清河县刘跂写了后序，李清照作这篇"序"附于书后，故称"后序"，但与赵明诚的自序和"刘序"截然不同。他二人的序文都是就书论书，只谈与《金石录》直接相关的事，是典型的单纯书序。而李清照这篇序文中详实记述了夫妇俩收集、整理金石文物的经过和《金石录》的内容与成书过程，并记述了夫妇二人节衣缩食得来的文物，不是被金兵的战争烽火付之一炬，就是被宋朝的叛兵劫掠而走，要不就是遇人不淑，被寄居的邻人盗走的情形，将笔触落在了金石书画的"得之艰而失之易"上。同时回忆了婚后三十四年间的忧患得失，是一篇带有自传性的、抒情性极强的散文。让人不禁在她动情的叙述之中，随着她的欢欣而欢欣，随着她的悲切而悲切，心驰神往，掩卷凄然。

李清照作《金石录后序》之时，赵明诚已亡数载，也正是北宋灭亡，南宋刚刚开始的时候，社会正处于大变革时代。她在流离失所之中只为一句"独所谓宗器者……与身俱存亡，勿忘之"便紧紧看护丈夫辛苦收集的文物，然而终没能阻止流失，使她在回忆往事之中百感交集，情不能禁，无处不透着一种真情。

　　全文叙事清晰，层次分明，情节衔接得天衣无缝，感人肺腑；文风匠心独运，在叙事、抒情等方面具有很强的艺术感染力。全文两千多字，句式有长有短，风格清新，似诗歌一样优美，而形式却打破了诗歌格律的死板，是迈向通俗文学的一个见证。

3. 投翰林学士綦崇礼启^①

【原典】

清照启：

素习义方^②，粗明诗礼。近因疾病，欲至膏肓^③，牛蚁不分^④，灰钉已具^⑤。尝药虽存弱弟^⑥，应门惟有老兵^⑦。既尔苍皇^⑧，因成造次^⑨。信彼如簧之说^⑩，惑兹似锦之言^⑪。弟既可欺，持官文书来辄信^⑫；身几欲死，非玉镜架亦安知^⑬？僶俛难言^⑭，优柔莫诀，呻吟未定，强以同归。

【注释】

①这是李清照写给綦崇礼的一封答谢信。作于绍兴二年（1132）。信中交代了她晚年再嫁张汝舟的不幸，以及离异的经过。翰林：官名，即翰林学士，职责是为皇帝起草诏书。綦（qí）崇礼：字处厚（《宋书·綦崇礼传》中为叔厚），政和八年进士，官吏部侍郎、兵部侍郎、翰林学士、宝文阁学士等。启：书信。

②义方：指礼仪规矩。

③膏肓（huāng）：古代中医以心尖脂肪为膏，心脏与隔膜之间为

肓，认为属药力不能达到之处。病入膏肓指无可救药。

④牛蚁不分：比喻精神虚弱恍惚。《世说新语·纰漏》："殷仲堪父病虚悸，闻床下蚁动，谓是牛斗。"

⑤灰钉已具：指密封棺材用的泥灰和铁钉都已作了准备。

⑥尝药：古礼，尊长用药，幼卑先尝，然后进奉。弱弟：指李清照之弟李远，李清照晚年寄住在他家。

⑦应门：看管门户。

⑧苍皇：仓促。

⑨造次：轻率。

⑩如簧之说：说辞有如笙簧之动听。

⑪似锦之言：漂亮如锦绣的言辞。

⑫持官文书：韩愈《试大理评事王君墓志铭》载，王适托人去侯高家提亲，侯高声言其女非官人不嫁。时王适尚未当官，让媒人袖一卷书假作官文书，侯高信以为真，遂将女嫁之。

⑬玉镜架：即玉镜台。《世说新语·假谲》："温峤以玉镜台为聘物骗娶表妹刘倩英，婚后夫妻不和。"

⑭僶俛（mǐn miǎn）：勉强，努力，费力，竭力。

【译文】

清照书：

我毕竟生长在官宦之家，平素里非常注重学习礼仪规矩，也明白一些诗书礼节。近年来由于先夫明诚离世，再加上颠沛流离的生活使我得了一场重病，几乎到了无药可医的地步，身体极其虚弱，整日里精神恍惚，甚至连牛和蚁都分不清楚，我后事用的棺材，以及密封棺材用的泥灰和铁钉都已经准备好了。虽然尝药之事有弟弟李远代劳，看守门户还有老仆人在做。不久前，却在仓促之间，造成了轻率的结果。竟然轻信了那厮如笙簧般的说辞，被他如锦绣般美丽的言语所迷惑。而弟弟也太容易被欺骗了，见他手持官府的任命文书就相信他的官身了；那时候的我病得严重，自身几乎要死去，他是不是像古代温峤那样以玉镜台为聘礼骗婚的人，又哪里能知道呢？在他的竭力哀求下，实在难以回绝，况且我的病情还没稳定，于是再三犹豫之中，我勉强答应了这门婚事，便跟他一起回家了。

【原典】

视听才分，实难共处，忍以桑榆之晚节①，配兹驵侩之下才②。身既怀臭之可嫌③，惟求脱去；彼素抱璧之将往④，决欲杀之。遂肆侵凌，日加殴击，可念刘伶之肋⑤，难胜石勒之拳⑥。局天扣地⑦，敢效谈娘之善诉⑧；升堂入室，素非李赤之甘心⑨。

【注释】

①桑榆：本为日落处的树。后以树上的余光比喻人的晚年。晚节：一作"暮景"，《宋诗纪事》作"晚景"。

②驵（zǎng）侩：市场上从事牲畜交易的捐客。

③怀臭：沾上狐臭气。《吕氏春秋·遇合》："人有大臭者，其亲戚、兄弟、妻妾、知识，无能与居者。"

④抱璧之将往：《左传·哀公十八年》："（卫庄公）曰：'活我，吾

与汝璧。'己氏曰：'杀汝，璧其焉往？'遂杀之，而取其璧。"这里指张汝舟有图财杀人之心。

⑤刘伶之肋：《世说新语·文学》注引《竹林七贤论》："伶尝与俗士相忤，其人攘袂而起，欲必筑之，伶和其色曰：'鸡肋岂足以当尊拳！'其人不觉废然而退。"

⑥石勒之拳：《晋书·石勒传》：石勒与李阳小时候经常打架，称帝后石勒对李阳说："孤往日厌卿老拳，卿亦饱孤毒手。"这里指毒辣的殴击。

⑦局天扣地：同"跼天蹐（jí）地"跼，弯腰。蹐，前脚接后脚地小步走。天虽高，却不得不弯着腰；地虽厚，却不得不小步走。形容惶恐不安的样子，也指窘迫无路的样子。《后汉书·仲长统传》："当君子困贱之时，局高天，蹐厚地，犹恐有镇压之祸也。"

⑧谈娘：李清照笔误，实为踏摇娘，唐代流行剧目。讲述了一个妻子倍受丈夫虐待的故事。

⑨"升堂"二句：柳宗元《李赤传》载，李赤为厕鬼所惑，遂认厕鬼为妻，以入厕为升堂入室，友人相劝无效，终死于厕所。

【译文】

然而，在一起生活了一段时间，通过目睹他的所作所为，以及听他的言谈话语，我才发现与这个张汝舟实在是难以相处，我怎能忍受在自己的晚年，以清白之身，嫁给他这么一个肮脏低劣的市侩之徒呢？我已经与这个令人厌烦、臭不可闻的人在一起了，只希望早些脱身离去；那人平日里时常抱走我收藏的金石文物然后出去卖掉，那是我与亡夫的心血，自然就会拼命阻止，可恨的是，张汝舟竟对我动了杀人夺宝之心。于是便肆意欺凌我，每天都对我进行殴打，而且日胜一日，可怜我像刘伶一样的身体，怎能敌挡得住他如石勒一样的拳头。我惶恐不安，更是迫于无奈，我要勇敢地效仿唐戏里的谈娘，控诉这等恶夫；不能像李赤那样，甘心死于这样臭不可闻的厕所。

【原典】

外援难求，自陈何害，岂期末事，乃得上闻。取自宸衷①，付之廷尉②。

被桎梏而置对③，同凶丑以陈词④。岂惟贾生羞绛灌为伍⑤，何啻老子与韩非同传⑥。但祈脱死⑦，莫望偿金。友凶横者十旬⑧，盖非天降；居囹圄者九日⑨，岂是人为！抵雀捐金⑩，利当安往；将头碎璧⑪，失固可知。实自谬愚⑫，分知狱市⑬。

【注释】

①宸（chén）衷：此指皇帝。

②廷尉：执掌刑罚狱事的官员。

③桎梏（zhì gù）：脚镣和手铐。中国古代的一种刑具，在手上戴的为梏，在脚上戴的为桎。

④凶丑：指张汝舟。

⑤"岂惟"句：《史记·屈原贾生列传》："天子议以贾生任公卿之位，绛、灌、东阳侯、冯敬之属尽害之。"贾生，贾谊。绛、灌，绛侯周勃和灌婴。贾谊既不见容于诸人，诸人亦不将贾谊视作同类。

⑥"何啻（chì）"句：《史记》以老子、韩非同传。《南史·王敬则传》载，王俭羞与王敬则同列，说"不图老子遂与韩非同传"。何啻，何止，岂止。

⑦脱死：脱离死地。

⑧凶横：指张汝舟。十旬：一百天。十日为一旬。

⑨囹圄（líng yǔ）：监狱。

⑩抵雀捐金：用金子弹击鸟雀。抵，弹击。捐，舍弃。

⑪将头碎璧：《史记·廉颇蔺相如列传》：蔺相如面对秦王的胁迫说："大王必欲急臣，臣头今与璧俱碎于柱矣。"

⑫谬愚：愚昧乖谬的意思。

⑬分知狱市：理应清楚狱市乃是非之地。

【译文】

这种家事很难得到外人的帮助，在这里，我讲述出我曾受到了何等迫害，但岂敢期待这点小事，能上达天听。或是由皇帝授意，让廷尉审判这件事情。

我戴着脚镣手铐与张汝舟面对面站立，与这丑恶之徒当堂陈述对质。那种感觉，岂止是贾谊羞于同绛灌为伍，又何止是不图老子遂与韩非同传。只祈求快点脱离此等死地，不奢望得到什么钱财补偿。我与张汝舟这样的凶徒在一起一百天，也许不是天降其祸；而我被关押牢狱的九天里，岂是人过的日子！试问，用金子弹击鸟雀，其利应该在何方；用头与玉璧同归于尽，得失可否能够知道。就算我愚昧乖谬，但也能区分清楚狱市乃是非之地，不可久留。

【原典】

此盖伏遇内翰承旨①，搢绅望族②，冠盖清流③，日

下无双④，人间第一。奉天克复，本缘陆贽之词⑤；淮蔡底平，实以会昌之诏⑥。哀怜无告，虽未解骖⑦，感戴鸿恩，如真出己⑧。故兹白首，得免丹书⑨。

【注释】

①内翰承旨：位居众翰林之首的官员。

②搢（jìn）绅：指达官显贵。

③冠盖：达官显贵。

④日下：指京城。

⑤"奉天"二句：唐德宗避朱泚之乱于奉天，其间诏书多为名臣陆贽起草。克复，指收复失地。克，一作"收"。

⑥"淮蔡"二句：唐武宗会昌年间，诏书多为名臣李德裕草拟。淮蔡平定，系唐宪宗元和年间之事，此处作者用典有误。

⑦虽未：一作"义同"。解骖（cān）：《史记·管晏列传》："越石父贤，在缧绁中，晏子出，遭之涂（途），解左骖赎之。"骖，驾车的马匹。古时驾在两旁的称骖马，在中间驾车辕的称服马。解骖，此指得到綦公的解救。

⑧如真出己：《左传·成公三年》：荀莹对曾策划救他的郑国商人"善视之，如实出己"。

⑨丹书：以红笔书写的罪犯名册。

【译文】

这一次幸亏遇到内翰林綦公承圣上旨意，我才得以脱离牢狱之灾，綦公出身达官显贵、望族世家，是清流中的领袖人物，在京城那些达官贵人中没有第二人，人世间也是居于第一。官吏之中，只有您慷慨为我申冤，也是第一个为我洗脱冤情的人。唐德宗避乱于奉天，其间诏书多为名臣陆贽起草，直到收复失地，綦公您的才华就像唐代的陆贽和李德裕一样，是专为皇帝起草诏书的肱股大臣。我的苦衷无处申述，虽然您不是像晏子解脱骖马那样解救于我，但对綦公的援手大恩是会永远铭记于心的，感念您对我"如实出己"一样的情怀。綦公您让我在晚年得以免去被录为囚籍，脱离牢狱之灾。

【原典】

清照敢不省过知惭，扪心识愧。责全责智，已难逃万世之讥；败德败名，何以见中朝之士①。虽南山之竹②，岂能穷多口之谈；惟智者之言③，可以止无根之谤。

高鹏尺鷃④，本异升沉；火鼠冰蚕⑤，难同嗜好。达人共悉，童子皆知。愿赐品题⑥，与加湔洗⑦。誓当布衣蔬食，温故知新。再见江山，依旧一瓶一钵⑧；重归畎亩，更须三沐三薰⑨。忝在葭莩⑩。敢兹尘渎⑪。

【注释】

①中朝：朝中。

②南山之竹：《旧唐书·李密传》："罄南山之竹，书罪无穷。"

③智者之言：有识见之人，这里指綦崇礼。

④高鹏尺鷃（yàn）：高飞的大鹏与飞不过数尺的斥鷃（见《庄子·逍遥游》）。

⑤火鼠冰蚕：皆为传说中的异物，一生于火，一生于水，二者物性迥异。

⑥品题：指下一结论。

⑦湔（jiān）：洗刷。

⑧一瓶一钵：形容生活简单，过清心寡欲生活。

⑨畎（quǎn）亩：田间，田地。引申为民间。三沐三薰：反复沐浴薰香，表示郑重其事。

⑩忝（tiǎn）在葭莩（jiā fú）：忝，很惭愧的意思，属谦词。葭莩，指较远的亲戚关系。

⑪尘渎：冒犯，打扰。

【译文】

在这件事上，我李清照怎敢不自我反省，摸着自己的良心感到羞愧。从操守和理智上，这事难逃于被人讥讽，肯定要沦为后世人的笑柄；而且还败坏了我的道德和名声，让我没有脸面去见朝中的达官贤士。即便有南山之竹，也写不尽对这件事谈论的言语；只有靠您这样的有识见之人来为我辩白，才能止住那些没有根据的诽谤。

那些俗夫很难明白高士的想法，就像大雁与鹨燕，一个高飞在上，一个在下面滑翔；火鼠与冰蚕，难有相同的嗜好。这种道理连孩童也明白，各位达官贵人更应该早就知道了。愿各位高士赐教，也好让我彻底洗刷耻辱。这件事之后，我发誓身穿布衣、餐食素菜，牢牢记住过去的教训，使自己焕然一新。当我以新面貌再面对各位之时，依旧还是那个食一钵饭、喝一瓶水的清心寡欲的李清照；重新回归隐士生活，更要如同沐浴薰香那般郑重行事。我有幸是綦公的远亲。斗胆说了这么多，希望没有冒犯到您。

【评解】

这是一篇李清照写给翰林学士綦崇礼的答谢信，最早见于宋人赵彦卫的《云麓漫钞》第十四卷，名为《投内翰綦公崇礼启》。今人又称《投翰林学士綦崇礼启》或《投内翰綦公崇礼启》。

文中按事情发生、发展的自然情态娓娓道来。这里，李清照除了对恩人綦崇礼表示感谢，更多是在阐述自己的不幸遭遇，对那个为财而"骗婚"的张汝舟进行无情揭露。

自从赵明诚病故后，李清照孤身一人陷于战乱之中，既要保全自身性命，又要保全珍贵的文物字画，怎奈在颠沛流离之中，文物所剩无几。那一刻，她是多么需要有个家庭、有丈夫来保护自己，更能保护自己心爱的文物啊。

所幸的是，就在她寄住在弟弟家的那段时间，时任右奉承务郎、监诸军审计司官吏的张汝舟，派媒人手持求婚的文书以及任职文书，满怀诚恳而且信誓旦旦地前来求婚，使李家弟弟深信不疑；李清照在那种寄人篱下、病入膏肓、神情恍惚、极度需要人照顾的万般无奈之中，也勉强答应了婚事。而张汝舟一开始也确实对李清照呵护有加，体贴照顾。这对于刚从失魂落魄的逃亡生活中走出来，身体与精神上都非常孤独痛苦的李清照来说，无疑是一场及时雨。

然而，事实并非如她想像的那般美好。他们婚后不久李清照就发现，张汝舟根本是一个居心叵测、道德败坏的市侩小人。不但偷着把她视作生命的文物卖掉，还公然对她暴打，试图将她虐待致死后得到全部文物。这致使她在极度恐慌又忍无可忍的情况下，决定状告自己的丈夫，告发他"妄增举数入官"，就是揭发张汝舟的官职是虚报考试次数所得，这是欺君之罪。张汝舟最终被处罚，流放到广西柳州。按照宋代法律，如果丈夫被流放到偏远的外地，那么妻子就可以与他离婚，并且可以保全自己的财产。但法律还规定，妻子状告丈夫，一旦罪名成立，那么丈夫被判处刑罚的同时，妻子也要坐牢两年。

但值得庆幸的是，李清照结束了百天婚姻的折磨，而仅仅在监狱里住了九天，就出狱了。因为赵明诚的远房亲戚，也就是朝廷中位居三品的翰林学士綦崇礼从中大力帮忙，才使李清照免除了两年的牢狱之灾。

尽管事后李清照写下这封信极力为自己辩白，但并没能让宋人对她产生怜惜和同情，大多数看后都持讥讽的态度。而明清之人大多数称这封信为"伪作"，而不承认李清照改嫁，要为李清照改嫁说"辩诬"。不过，今人多以这封信作为李清照改嫁的

物证，把这封信当作研究李清照的重要资料。

　　李清照在其散文中爱用典、善用典、精于典，且用典得当，妥帖自然，了无斧痕；在结构布局上灵活变化，力求纵向、横向结合，明暗相互交错，紊而不乱，可谓多姿多态。此文充分体现了李清照对散文的驾驭能力，以及匠心独具的艺术构思。

4.打马图经序①

【原典】

慧即通②，通即无所不达；专即精，精即无所不妙。故庖丁之解牛③，郢人之运斤④，师旷之听⑤，离娄之视⑥，大至于尧、舜之仁⑦，桀、纣之恶⑧，小至于掷豆起蝇⑨，巾角拂棋⑩，皆臻至理者何⑪？

妙而已⑫。后世之人，不惟学圣人之道，不至圣处。虽嬉戏之事，亦得其依稀仿佛而遂止者多矣⑬。夫博者无他，争先术耳，故专者能之⑭。

【注释】

①这是李清照为其所编著的《打马图经》一书写的序。

②慧：聪慧。通：通晓。

③庖（páo）丁之解牛：《庄子·养生主》塑造的一个特别精于宰牛的人。

④郢（yǐng）人之运斤：《庄子·徐无鬼》塑造的一个精于使斧子的人，用斧头砍下朋友鼻尖上的石灰而不伤肌肤。当宋元君听说此事以后让他再次演示的时候，他遗憾地说，那个朋友已经去世很久了，

再也无法一起表演了。后来"匠石运斤"引申为知音往往终生难遇之意。

⑤师旷：春秋时晋国乐师，能听音乐辨吉凶。

⑥离娄：传说中黄帝时视力最好的人，能在百步之外看见秋毫之末。

⑦尧、舜：传说中的两位圣君。

⑧桀、纣：夏商两朝的末代暴君。

⑨掷豆起蝇：唐段成式《酉阳杂俎》卷四载：时人张芬能用绿豆击苍蝇，十不失一。又能赤手捉苍蝇，也是手到擒来。

⑩巾角拂棋：《世说新语·巧艺》载：魏文帝曹丕善弹棋，可以不用手而用手巾角弹。另有一人比魏文帝更善弹，能用头巾角弹。

⑪臻（zhēn）：达到。

⑫妙：精妙。

⑬依稀仿佛：粗略，大概。

⑭博：赌输赢的游戏。

【译文】

人若聪慧，就会思路开阔，只要思路一开，就没有什么不知道的；如果专心，造诣就会精深，那么就能通晓所有的奥妙。所以就有了庖丁的精于宰牛，楚国郢人拿大斧头去砍他朋友鼻尖上的石灰而不伤肌肤，以及师旷那能听音乐辨吉凶的精妙听力、离娄百步之外能看见秋毫之末的敏锐视力，如此精绝之事，大到尧舜的仁德与桀纣的残暴，小到如时人张芬那样，抛掷绿豆弹击飞起来的苍蝇，或者是像魏文帝那般，用手巾的巾角去弹棋，他们个个都能达到如此高的境界，这是为什么呢？

其实，他们不过是因为通晓了其中的奥妙罢了。后世的人，不能只学圣人之道，却学不到圣人之所以为"圣"之处。博戏只是一种游戏之事，但只是粗略地得其皮毛就止步不前了，这种人还真挺多呢。依我看，博戏并没有其他诀窍，不过就是找到了争先的办法而已，所以只有专心致志研习的人才能掌握诀窍，达到高人一等的境界。

【原典】

予性喜博，凡所谓博者皆耽之①，昼夜每忘寝食②。但平生随多寡未尝不进者何③？精而已。

自南渡来流离迁徙，尽散博具④，故罕为之⑤，然实未尝忘于胸中也⑥。

【注释】

①耽：沉迷。

②每：每每，时常，不止一次。

③进：赢。

④博具：游戏用的工具。

⑤罕：少。

⑥未尝：未曾，从来没有。

【译文】

我天性喜欢赌博，只要是博戏，我都会沉迷于其中，玩起来不分昼夜，时常是废寝忘食。不过回想我这一生，不论跟他们玩过多少次，从来没有不获胜的时候，这是什么道理呢？不过是因为我玩得精罢了。

然而，自从南渡以来，流离失所，经历了多次搬迁，博戏时用的工具都已经丢失了，所以就很少玩了，可是，在我的心里着实是从来都没有忘记啊！

【原典】

今年冬十月朔①，闻淮上警报②。江浙之人，自东走西，自南走北，居山林者谋入城市，居城市者谋入山林，旁午络绎③，莫卜所之④。易安居士亦自临安泝流⑤，涉严滩之险⑥，抵金华⑦，卜居陈氏第。乍释舟楫而见轩窗⑧。意颇适然。更长烛明⑨，奈此良夜乎。于是乎博奕之事讲矣⑩。

【注释】

①朔：阴历每月的初一日。

②淮上：淮河沿线。

③旁午络绎：交错夹杂，往来不绝。

④卜：预测，选择。

⑤泝（sù）流：逆流上行。泝，同"溯"。

⑥严滩：即"严陵濑"，亦称"子陵滩"。由东汉时期助汉光武皇帝刘秀成就帝位的严子陵而得名。

⑦金华：地名，在今浙江金华。

⑧释舟楫：指下船上岸。轩窗：指代房屋。

⑨更长：夜长。

⑩讲：讲论，讲习。

【译文】

这年冬季十月初一，我听到从淮河上游传来金兵进攻的警报，自此后百姓开始人心惶惶。江浙一带的人们争相逃命，东边的往西边跑，南边的往北边跑，住在山野乡下的跑到城里市井之中谋求生路，而住在城里的人觉得市井当中并不安全，纷纷跑到山野林深之处隐蔽偷生，普天之下交错夹杂，往来不绝，简直是一片混乱，谁都无法预知吉凶，也不知道该往哪儿跑。我也从临安沿着钱塘江逆流上行，渡过艰险的子陵滩，总算安全抵达金华，住在一户姓陈的家里。记得刚下船看到房屋的门窗时，悬着的一颗心才落地。走进屋里的那一刻，心里竟格外地舒适安然。漫漫长夜，烛火通明，这样美好的夜晚怎么打发呢？于是就全心对博弈的事大肆讲习研究了。

【原典】

　　且长行、叶子、博塞、弹棋①，世无传者。打揭、大小、猪窝、族鬼、胡画、数仓、赌快之类②，皆鄙俚，不经见③。藏酒、樗蒲、双蹙融④，近渐废绝。选仙、加减、插关火⑤，质鲁任命⑥，无所施人智巧⑦。大小象棋、奕棋⑧，又惟可容二人。独采选、打马，特为闺房雅戏⑨。尝恨采选丛繁⑩，劳于检阅，故能通者少，难遇勍敌⑪。打马简要，而无文采⑫。

【注释】

　　①长行、叶子、博塞、弹棋：皆古代博戏。

　　②打揭、大小、猪窝、族鬼、胡画、数仓、赌快：皆古代博戏。

　　③不经见：指不登大雅之堂。

　　④藏酒、樗蒲（chū pú）、双蹙融：都是古代博戏。

　　⑤选仙、加减、插关火：皆古代博戏。

　　⑥质鲁任命：博法简单，全凭运气。

　　⑦施人：实施游戏的人，操纵者。

⑧大小象棋：即象棋。奕棋：围棋。

⑨采选：又作"彩选"，是古代博戏的一种。

⑩丛繁：指复杂的样子。

⑪勍（qíng）敌：劲敌。

⑫文采：指花样。

【译文】

且说长行、叶子、博塞、弹棋，这些博戏如今世上已经失传了。诸如打揭、大小、猪窝、族鬼、胡画、数仓、赌快之类的游戏，这些都是下层人的玩意儿，登不上大场面，也不常见。像藏酒、樗蒲、双蔢融这类的博戏，如今玩的人也少了，渐渐濒临废弃灭绝。而选仙、加减、插关火，都是一些粗浅的游戏，没有什么技法可言，输赢全凭玩家的运气，没办法展现操纵者的智慧。像那种象棋、围棋的博戏，却又只能容许两个人一起玩。以上那些多为男人玩的博戏，唯独采选、打马，是专门供闺房中的女孩子们玩耍的雅致游戏。很遗憾，采选太过繁杂，翻检起来很不方便，感觉太累人，所以会玩而且精通的人很少，我很难遇到强劲的对手。打马游戏倒是很简单，只可惜没有什么可以变换的花样，玩起来很单调无聊。

【原典】

按打马世有二种①：一种一将十马者，谓之关西马②；一种无将二十马者，谓之依经马③。流行既久，各有图经凡例可考④。行移赏罚，互有同异。又宣和间⑤，人取两种马，参杂加减，大约交加侥幸⑥，古意尽矣。所谓宣和马者是也。

【注释】

①按：依照。

②关西马：在宋代主要流行于关西地区的打马游戏玩法，每位棋手有一个将棋子和十个马棋子。

③依经马：在宋代主要流行于中国东中部的打马游戏玩法，棋盘有九十一格，棋手有二至五人，每位棋手有二十个马棋子，没有将棋子。

④图经凡例：指游戏规则的说明图表及文字。可考：可以参考。

⑤宣和间：即宣和马，在宣和年间流行的打马规则，是关西马和依经马的规则组合。每位棋手有二十个马棋子，行棋规则介于关西马和依经马之间。

⑥交加侥幸：增添运气的成分。

【译文】

依照世上最开始流行的打马博戏规则来看，共有两种：一种是一将十马，叫关西马；一种是没有将，二十马，叫依经马。流行的时间长了，自然就有各种各样的图谱和规矩实例可以参考。但其中如何布局行走以及输赢赏罚的规则，各不相同。后来在宣和年间，有人把这两种玩法综合起来，又加以减约，大致增添了一些凭借运气获胜的成分，这样就使原始的打马理念荡然无存。这就是后来一直流行的宣和马了。

【原典】

予独爱依经马，因取其赏罚互度^①，每事作数语，随事附见^②，使儿辈图之^③。不独施之博徒，实足贻诸好事^④。使千万世后，知命辞打马^⑤，始自易安居士也。

时绍兴四年十一月二十四日^⑥，易安室序。

【注释】

①互度：交互揣度。此指揣摩研究博戏规则的意思。

②见：见解。

③图：绘制图案。

④贻（yí）：留赠。

⑤命辞：相当于"题辞"。

⑥绍兴四年：宋高宗绍兴四年（1134）。

【译文】

我特别喜欢依经马游戏，因此就把它的赏罚规则拿出来进行交互揣度，经过一番研究以后，为每条规则写上几句话做出详细说明，并且附在规则后面，以便随时可以看见，让我的子侄辈们为它绘制出图案，令人一目了然地看到博戏的乐趣所在。

其实，这种游戏图解不仅对喜欢博戏的人大有用处，对于那些好事的人来说，也着实是一种最好的留赠。同时，也能让千年万世以后的人们都知道，这命辞打马的博戏，是从我李清照开始的。

时年绍兴四年十一月二十四日，易安室序。

【评解】

李清照素以词闻名于世，文章相对传世较少，但在寥寥数篇中以打马游戏为题材的就有三篇：《打马图经序》《打马赋》《打马图经命词》，可见她是多么痴迷擅长博戏了。她曾撰写一卷有赋有图、有例有论的《打马图经》，并为此书写下了这篇序言。《打马图经序》亦被称作《打马图序》。

这是一篇夹叙夹议的美文。开篇通过引用"庖丁之解牛、郢人之运斤、师旷之听、离娄之视"等一系列的历史典故，从不同角度对"慧、通、达""专、精、妙"的辩证关系进行阐述与论证，并对"后世之人，惟知学圣人之道"却"不至圣处"这种浅尝辄止的思想给予了小小善意的批评，进而为下文中引出自己精通博术、百战不殆以及能研究出新游戏而做了巧妙的铺垫。

在此篇序言中，李清照详实地记述了写这本书的背景及初衷。当时正值金人入寇，普天下的宋人流离失所，尤其是江浙一带的人们像无头的苍蝇一样到处乱跑，李清照也无可避免地开始了颠沛流离的生

活。好在李清照随船沿钱塘江逆流而上躲在了陈姓亲友家里避难。但生活一安定，曾经嗜好博戏废寝忘食、即便战乱也一直"然实未尝忘于胸中也"的李清照又开始了她喜欢的博戏。接下来便在洋洋洒洒的文字之中进一步详细描绘了种种博戏的规则以及打马游戏的优劣、种类、流变过程，还有自己通过古代流传下来的打马游戏，进行巧妙的综合删减，最终自创了一套新的打马游戏——命辞打马，并让子侄辈们记录下来，自己也一连写了《打马图经》和《打马赋》等，以期望得到后世人的承认。

文中不但叙述了《打马图经》博戏的问世，同时抒写了自己平生喜好博戏的性情以及对于博戏的独到见解。李清照提出，"夫博者无他，争先术耳"，虽然是在论述游戏，但觉一股无所畏惧的凛然之气扑面而来，这与不思进取、步步退让的南宋朝廷相比，可谓天壤之别。所以说，站在政治视角，一个柔弱女子在当时封建社会背景下能写出此文，令人不禁为她的敢于尝试与敢于创新而钦佩不已。

这篇序文内容丰富，善于引经据典；文辞精当简洁、优美畅达，极富于情感，足以彰显出作者的学识广博，见解独到，使这篇序文不但具有极强的可读性，同时具有相当的学术性和史料研究价值。

5. 打马赋①

【原典】

岁令云徂②，卢或可呼③。千金一掷④，百万十都⑤。樽俎具陈⑥，已行揖让之礼；主宾既醉，不有博奕者乎！打马爱兴，樗蒱遂废⑦。实博奕之上流⑧，乃闺房之雅戏。齐驱骥騄⑨，疑穆王万里之行⑩；间列玄黄⑪，类杨氏五家之队⑫。珊珊佩响⑬，方惊玉蹬之敲⑭；落落星罗⑮，急见连钱之碎⑯。若乃吴江枫冷，胡山叶飞⑰，玉门关闭，沙苑草肥⑱。

【注释】

①这是李清照专为打马博戏写的一篇赋，当与《打马图经序》为同时之作。

②岁令：岁时，泛指时光。云徂（cú）：云，语气助词。徂，往，逝。

③卢或可呼：古代掷骰子，五子皆黑为卢，为头彩，掷时大声呼喊，称"呼卢"。

④千金一掷：即一掷千金。

⑤百万十都：形容钱数之多。

⑥樽俎（zūn zǔ）具陈：指准备了丰富的酒水。樽俎，盛酒肉的器皿。

⑦爰（yuán）：及，至。樗蒲（chū pú）：一种投骰子游戏。遂废：据癸巳类稿、图谱原赋，均作"者退"。

⑧实：实则，实际上。

⑨骥騄（jì lù）：是两种名马的名字。

⑩"疑穆王"句：据《逸周书·周穆王》记载：周穆王乘八骏车驾去往西王母处做客。穆王，周穆王。

⑪间列：夹杂排列。

⑫"类杨氏"句：《旧唐书·杨贵妃传》：玄宗每年十月幸华清宫，国忠姊妹五家扈从，每家为一队，著一色衣。

⑬珊珊佩响：佩环相击。

⑭玉蹬之敲：指上马时，马蹄在玉蹬上踩踏的声音。

⑮落落：稀疏的样子。

⑯连钱：古有把良马称"连钱骢"。

⑰"吴江"句：有些版本"冷"字作"乐"或"落"字。"胡"字在粤本、历代赋汇、癸巳类稿、图谱原赋作"燕"。用木叶飘零形容行马受挫。

⑱"玉门"句：知雄关难入则养精蓄锐以待战机。玉门，古关隘名。沙苑，又名沙阜，古时指养马场，此指借助沙苑秋高草肥，牧马屯兵，养精蓄锐，以待战机。

【译文】

时光如云一般飘逝，一去不复返，想当年，我也曾经在赌桌前为了中头彩，声嘶力竭地高声呼喊"卢！"好不快意。那时的场景，真是一掷千金，下注百万啊。时常是丰盛的酒水菜肴都陈列在酒桌之上，在宴席上，主人和客人相互拱手揖礼，谦让之后就开始开怀畅饮；片刻之间主人和客人就都有了醉意。在这样情绪高涨的时刻，岂有不进行博弈助兴的道理啊！那时候，打马游戏刚刚开始流行，于是就取代了樗蒲游戏。而这个游戏确实堪称是博弈之中的高端游戏，是女子之间的高雅游戏。棋盘铺展，棋子在棋盘之上移动起来，那气势如同骥騄这两种名马并驾齐驱，又像是昔日周穆王乘八骏车驾，浩浩荡荡地前去万里之遥的西王母处作客；不同颜色的棋子各自列队，就像杨贵妃姊妹五家扈从迎接唐玄宗一样，各家各着一色衣服。棋子相撞的声音，如同佩环相碰所发出悦耳的"珊珊"声响，听到声响的同时，才惊觉正是对

方马蹄跺踏玉蹬，打马出阵的声音；那庞大的马队就像天上的群星罗列，忽然间又像一串连缀在一起的铜钱，瞬间分散开来。如果观看博者行马，有时也能看见损兵折将的场面，那时就像吴江枫叶，寒风中飘落，又像燕山那秋风里乱飞的树叶，无所归依，若想打马冲过函谷关也不是那么容易，如同汉代李广下令关闭玉门关一样，使对方无法进入，那么此时，就需要暂且按兵不动，效仿古人的战略，借助沙苑秋高草肥，牧马屯兵，养精蓄锐，以待战机。

【原典】

临波不渡，似惜障泥①；或出入用奇，有类昆阳之战②；或优游仗义③，正如涿鹿之师④；或闻望久高，脱复庾郎之失⑤；或声名素昧，便同痴叔之奇⑥。

亦有缓缓而归，昂昂而出；鸟道惊驰⑦，蚁封安步⑧。

崎岖峻坂⑨，未遇王良⑩；蹴促盐车⑪，难逢造父⑫。

【注释】

①"临波"二句：障泥，指垂于马腹两侧，用于遮挡尘土的东西。《世说新语·术解》记载："王武子善解马性。尝乘一马，著连钱障泥。前有水，终日不肯渡。"此指行棋的时候犹豫不决，有所顾忌不肯向前出击。

②或：有的。昆阳之战：历史上著名的以少胜多战例。王莽地皇四年，刘秀以精兵三千大败王莽主力。昆阳，地名，在今河南叶县北部。

③优游：悠闲地游览。形容从容不迫的样子。

④涿（zhuō）鹿之师：传说是黄帝涿鹿之野伐蚩尤的军队。

⑤庾（yǔ）郎之失：《世说新语·雅量》记载，庾翼向来以骑术精湛闻名，却在为岳母表演时掉下马来。

⑥痴叔之奇：《世说新语·赏誉》记载，王湛向来被人视为痴人。一次其侄王济去看他，见他骑术不凡，见解颇精，大为称奇。

⑦鸟道：指只有鹏鸟才能飞过去的路线。形容险峻的山道。

⑧蚁封：形同蚂蚁窝高低起伏的土堆。

⑨峻坂（jùn bǎn）：险峻的山坡。

⑩王良：春秋时晋国著名的骑手。

⑪蹋（jú）促盐车：《战国策·楚策四》有千里马拉盐车的故事。

⑫造父：为周穆王驾车的人。

【译文】

有的人行马时犹豫不决，致使棋子受阻，就像古代王武子之马因爱惜障泥而遇水不渡一样；有的人在困境中能够采取灵活的战略战术，善用奇招，可谓出奇制胜，就像昆阳之战中的汉光武帝刘秀大败王莽四十万大军那样，以弱胜强；有时又像涿州之战中的黄帝那样，从容不迫地讨伐蚩尤，如同在伸张正义，而后一举获胜；有的博者技艺非凡，声望居高不下，但也难逃失手之时，就像远古善于骑射的庾翼，在其岳母面前盘马却两次坠马落地，惹得众人笑话；倒应像王湛那样，向来被人戏称为"痴叔"，声名不为人所知，而一旦才华显露，便会令人感到意外，不禁称之为奇才。

盘上弈棋，与战地布阵一样，有时兵贵神速，出奇招，方能以少胜多，而有时也要从容镇定，缓缓退兵，等待时机成熟，然后再次气宇轩昂地乘势而出，昂昂如千里之驹，勇往直前，只有这样才能以逸制敌，总之要善于随机应变；也有在行马之时，不小心被对方逼到只有鹏鸟方能飞过去的险路之上，那么就要冒险一回，跃马扬鞭，飞驰而过；有时则要善于隐蔽，就像蚂蚁用土封上穴口一样，而不再乘车飞驰，改换为悠然安逸地步行，以达到麻痹敌人，保存自己实力的目的。

在行马对弈的时候，也有遭遇驾驭的僵局之际，就像在崎岖险峻的山坡之上，未能遇到春秋时的驾驭高手王良一样；又像在狭窄难行的山道，纵有千里马拉着盐车，如果难以遇到给周穆王驾驭车驾的造父，也是寸步

难行一样。让人不得不反思，对于战局的胜利，棋子之间高度配合是何等的重要。

【原典】

且夫丘陵云远，白云在天，心存恋豆①，志在著鞭②。止蹄黄叶，何异金钱③。用五十六采之间④，行九十一路之内⑤。明以赏罚，覈其殿最⑥。运指麾于方寸之中⑦，决胜负于几微之外⑧。且好胜者，人之常情；小艺者，士之末技⑨。说梅止渴⑩，稍苏奔竟之心⑪；画饼充饥⑫，少谢腾骧之志⑬。

将图实效，故临难而不四；欲报厚恩，故知机而先退。或衔枚缓进⑭，已逾关塞之艰；或贾勇争先，莫悟阱堑之坠⑮。皆因不知止足，自贻尤悔⑯。

况为之不已，事实见于正经⑰；用之以诚，义必合于天德。故绕床大叫，五木皆卢⑱；沥酒一呼，六子尽赤⑲。平生不负，遂成剑阁之师⑳；别墅未输，已破淮淝之贼㉑。

今日岂无元子㉒，明时不乏安石㉓。又何必陶长沙博局之投㉔，正当师袁彦道布帽之掷也㉕。

【注释】

①恋豆：贪恋槽中的草料。比喻胸无大志之人。

②著鞭：比喻走在前面，抢占先机。典出《晋书·刘琨传》："吾枕戈待旦，志枭逆虏，常恐祖生先吾著鞭耳。"

③止蹄黄叶：将对方的马打下去即可获赏帖。黄叶，金钱。异：

癸巳类稿、图谱原赋，"异"作"画道"。

④五十六采：打马博戏共五十六采。

⑤九十一路：指棋子的九十一条行动路线。

⑥覈（hé）其殿最：竞出优胜。覈，同"核"，考校之意。殿最，优胜。

⑦指麾：同"指挥"。

⑧几微：细微征兆。

⑨末技：末流技艺。

⑩说梅止渴：即望梅止渴。

⑪苏：苏醒。

⑫画饼充饥：据《三国志·卢毓传》记载，曹明帝语：选举莫取有名，名如画地作饼，不可啖也。

⑬谢：凋谢。引申为消解。

⑭衔枚：古时行军令兵士口含小竹棍以免发声。

⑮阱（jǐng）堑：陷阱。

⑯尤悔：悔恨。

⑰正经：正宗经典。

⑱"绕床"二句：《晋书·刘毅传》记载，刘毅、刘裕诸人聚财，刘毅掷得雉，激动得绕床大叫。

⑲"沥酒"二句：《南唐近事》记载，刘信被他人猜忌，心不自安。一次醉后说：不负公，当一掷遍赤。

⑳"平生"二句：《世说新语·识鉴》记载，桓温伐蜀，众以为不

功，只有刘一人说桓一定能成功。

㉑"别墅"二句：《晋书·谢安传》记载，前秦符坚率大军压境，众将皆有惊惶之色，只有谢安泰然自若地与人下棋赌别墅。

㉒元子：桓温，字元子。

㉓安石：谢安，字安石。

㉔"陶长沙"句：《晋书·陶侃传》记载，诸参佐或以谈戏废事者，乃命取其酒器薄博之具，投之于江。陶侃，封长沙郡公，故称陶长沙。

㉕"袁彦道"句：《世说新语·任诞》记载，桓温博戏大输，求救于袁耽，时耽正在居丧。"十万一掷，直上百万数，投马绝叫，旁若无人，探布帽掷对人曰：'汝竟识袁彦道不？'"

【译文】

且看那山高路险，征途如云般渺远，也就难怪这时局就像白云在天，变幻无常了。要紧的是，不要像贪恋马房豆料的战马那样一心恋着禄位，要心怀大志，就像晋代刘琨唯恐祖生比他先扬鞭策马一样，奋力向前。打马棋在行进之中，一定要注意适可而止，伺机行动才能顺利地将对方的马打下去，这样就跟拾到金钱没有什么不

同了。这种打马博弈像实战一样，决定胜负的不仅仅是兵强马壮，更要有好的指挥员，这样就能在博戏的五十六采之间游刃有余，畅通无阻地行走在棋盘上的九十一条行动路线之内。而对于博弈者和实战指挥员来说，最要紧的是要赏罚分明，考核出最为优胜的。只有分清优劣，重赏重罚，才能在心中运筹帷幄，指挥若定，决胜负于微小的变化之间，稳操胜券。博弈者在小小的棋盘上，能够运用自如，其争强好胜之心亦可得到一定满足，这也是人之常情；但比起匡扶大业来，打马弈棋毕竟是一种玩耍的末流技艺。但就某种意义上来讲，"说梅止渴"也能稍稍使沉睡的心苏醒，激起奔驰竞争的意念；就算是"画饼充饥"，也能少许告慰如骏马一样飞腾的凌云之志。

行棋的时候，有的人为了吃掉对方一子，贪图一点眼前的实际效益，明知难以达到目的，却不知顾及四方的安危，以致无法挽回；也有的人，为了报答对方让"子"之恩，明明看准了进攻的机会，可以制胜，却率先退让了，给大局造成了不必要的损失。不知止足，犹不知足。在向敌人进击的过程中，有的采用衔枚不语、悄悄缓行的策略接近对方，等对方发现之时，早已叠成十马，越过了难以逾越的关隘；有的人自恃勇气有余，一味争先恐后，却没有觉悟到可能陷入对方设置的陷阱之中。这些都是因为不知适可而止，必将自取其败，造成无尽的悔恨。

况且博弈这种游戏，虽然总是沉迷其中进行豪赌不是很好，但毕竟参透棋局会有所裨益，事实上这种观点在《论语》之中也有所提及；而博弈之时，只要用心专诚，其义必会符合天德，全盘皆赢。因此，晋朝时的刘毅博戏，只掷了个次彩就高兴得绕床大叫，刘裕却不以为然，反而专心凝神，结果是一掷五子皆黑，中得头彩；五代时期的刘信，曾一度被他人猜忌，为了释不忠之疑，一次酣醉之后拿起六颗骰子说："不负公，当一掷遍赤。"结果六颗骰子投入碗中都是赤色，而后尽释前疑。下棋要果决，用人不疑，不负天，天必不负你。就像东晋桓温伐蜀之师取剑阁一样，必然成功；敌人还没杀到你的老巢，就自乱了阵脚，如此难成胜局，要像前秦苻坚率大军正在攻城，而谢安却能镇定自若地下围棋赌别墅，结果别墅未见输赢，就已经攻破淮淝贼兵了。

如今世上，难道没有如同桓温一般的人了吗？我想，以后也不会缺乏像谢安那样，以稳如磐石的心态抗击贼寇、收复失地之人。又何必像晋长沙太守陶侃一样，以薄博之具，投之于江，罢兵休战呢？正应当效法晋人袁耽那样豪爽地脱帽绝叫，十万一掷，只为解脱朋友的困难。如此敢于挺身而出，必能解国家之难。

【原典】

辞曰①：佛狸定见卯年死②，贵贱纷纷尚流徙，满眼骅骝杂骡駬③，时危安得真致此④？木兰横戈好女子⑤，老矣谁能志千里⑥，但愿相将过淮水⑦。

【注释】

①辞曰：本为乐曲之末章，此指结语。

②佛狸：《宋书·臧质传》记载，刘宋时童谣："虏马饮江水，佛

狸卯年死。"佛狸，北魏太武帝拓跋焘的小名，此处指金主。卯年：作者此赋作于绍兴四年甲寅，次年即为乙卯年。

③骅骝（huá liú）、騄駬（lù ěr）：皆周穆王的骏马名。

④"时危"句：杜甫《题壁上韦偃画马歌》："时危安得真致此，与人同生变同死。"正化用此意。

⑤木兰：即花木兰，是古代女扮男装、代父从军的女英雄。

⑥"老矣"句：曹操《步出夏门行·神龟虽寿》："老骥伏枥，志在千里；烈士暮年，壮心不已。"此反用其意。

⑦相将：相随。过淮水：渡过淮河，返归故里。

【译文】

总之：就像古时童谣里咒骂北魏太武帝拓跋焘定会在卯年死去一样，明年就是一个卯年，那么入侵我大宋的金国贼寇很快就会败亡。然而由于金人入侵，我朝的贵族与平民百姓纷纷都在逃难，居无定所。再看我这打马图上，满眼都是周穆王的千里骏马，在这国家危难之际，这些良马果真能驮着抗金将士驰骋在疆场之上吗？如果真能如此，那么就能让如花木兰这样的好女子骑上它，跃马横戈，奋勇杀退金兵，收复失地。而我如今已经年老体衰，又怎么能有木兰那样的千里之志呢？只盼望能随着他们渡过淮水，回到我思念的故乡。

【评解】

《打马赋》是李清照写于宋高宗（赵构）绍兴四年（1134）年底的一篇精彩的骈文，也是一篇历史上为数不多的有关游戏博弈的上好美文。"打马"是一项技巧性极强的游戏，易安居士李清照一生对诗词、散文、书画、音乐，可以说是无不通晓，对于博弈豪赌也情有独钟。她尤其喜爱打马游戏，并进行了专门的研究与创新，为此写了《打马图经》例论，而且还附加了一篇序文予以评解。可以说，《打马赋》与《打马图经序》是一对姊妹篇，完成的时间不相上下。

《金石录后序》的墨迹未干，李清照就听到了金兵进犯临安的消息。从朝廷官员到普通百姓，尤其是江浙一带的人，东南西北乱跑一通，只为安身保命，乡下人往城里跑，城里人则想逃往乡间，人们乱作一团。此时，李清照也不得不随着逃亡的人群，从临安乘船沿富春江逆流而上，奔往金华（今属浙江）避难。

在金华，李清照住进窗明几净的陈氏家里，生活基本还算安定。看着亲朋家的"儿辈"在做一种"打马"游戏时，素来喜欢博戏的李清照便开始妙语如珠地向儿辈们反复讲述"慧则通，通则无所不达；专则精，精则无所不妙"的道理。她谆谆告诫孩子们，不管做何事，既要靠聪明才智，更要具备专心致志的精神。只有这样，才能触类旁通，掌握各种精湛的技艺，从而才能得心应手，以臻于妙境。她一面讲道理，一面亲手演示，简直可以称作是"寓教于乐"。在她眼里，棋局犹比人生，棋盘恰似战场，在小小的棋子上，李清照挥就而成了颠沛流离之人的望乡、面临亡国之危之人的拳拳复国卫家之心以及如何教"子"育人的大文章。如果说《打马图经序》重在述写"打马"游戏的棋艺，那么《打马赋》则是在以棋局比喻政局，借"打马"寓意心志，是在《打马赋》中呼号抗敌，也在以此抒发自己忧国忧民的强烈爱国之情。她虽为一介女流，男人又何如？

　　小小一篇《打马赋》，实则是一位看似柔弱，却经历了恩爱、亡夫、被骗婚、离婚、坐牢、流亡途中行无定所、国家支离破碎、目睹南宋统治者懦弱无能之后，依旧拥有一颗拳拳之心的坚强女子的心声。最令我们佩服的是，"打马"本是当时的一种赌博游戏，她却能借题发挥，在文中大量引用历史上名臣良将的典故，状写金戈铁马、挥师疆场的气势，暗暗谴责宋朝的无能。而且能在文末不露声色地表达其意，直抒自己烈士暮年的壮志与忧愁。

李清照年谱

【一岁】公元 1084 年

李清照在这一年的三月，于齐州章丘（今山东章丘明水）出生。父亲李格非，字文叔，是苏轼的学生，官至礼部员外郎，"元祐后四学士"之一，工于词章，藏书甚厚，有《洛阳名园记》等著作传世；母亲是汉国公王准的孙女，其父王珪也曾做过丞相，是标准的官宦世家。

【六岁】公元 1089 年

李清照的父亲李格非入为国子司业，历太常少卿，权吏部侍郎，除中书舍人、给事中。徽宗即位，为礼部侍郎，拜御史中丞。李清照与其母在原籍生活。

【十五岁】公元 1098 年

李清照仍在原籍，但第二年春、秋两季有溪亭之游。

【十六岁】公元 1099 年

李清照在这一年前后，与其母及胞弟李远由原籍赴汴京，其"学诗三十年"伊始，结识文学上的忘年交晁补之。《点绛唇·蹴罢秋千》《鹧鸪天·暗淡轻黄体性柔》《如梦令》《双调忆王孙》等词当作于当年来汴京之后。

【十七岁】公元 1100 年

李清照得识张耒（字文潜）并作《浯溪中兴颂诗和张文潜》二首。又作《如梦令·咏海棠》《浣溪沙·莫许杯深琥珀浓》等词。

【十八岁】公元 1101 年

这年李清照与赵明诚结婚，赵明诚是当朝吏部侍郎赵挺之的季子，当年二十一岁，是太学生，后有《金石录》传世。《渔家傲·雪里已知春信至》《鹧鸪天·暗淡轻黄体性柔》《庆清朝慢》《减字木兰花·卖花担上》《浣溪沙·绣面芙蓉一笑开》《瑞鹧鸪》等词，当作于这一年前后。

【十九岁】公元 1102 年

曾因父亲被除尚书左丞而上书赵明诚父亲，以求得替自己父亲求情，但终没能起效。

这一年曾有人持徐熙《牡丹图》求售，她夫妻二人终因凑不齐钱而

没有买成，落下遗憾。但当年赵明诚得到了视作宝物的《汉从事五梁碑》。

同年又作《如梦令·昨夜雨疏风骤》等词。

【二十岁】公元 1103 年

赵明诚在这一年"出仕宦"。九月庚寅，诏禁元祐党人子弟居京、王午诏："宗室下得与元祐奸党子孙及有服亲为婚姻，内已定未过礼者并改正。"据此，李清照被遣离京，只得投奔上年回原籍的父母。曾作《怨王孙·春暮》《一剪梅·红藕香残玉簟秋》。

【二十一岁】公元 1104 年

六月，合定元祐、元符党人名单，共 309 人，李格非的名字仍在其中。后由徽宗书而刊之，置文德殿门之东壁，所以李清照的生活也受到影响，时而归返原籍，时而返回汴京。于原籍作《一剪梅》《醉花阴》《蝶恋花》《浣溪沙》；返汴京时作《小重山》《玉楼春·红酥肯放琼苞碎》《行香子》等。

【二十三岁】公元 1106 年

正月，皇帝大赦天下，并令吏部李格非与监庙差遣。这时的李清照由原籍返汴京，作《满庭芳》《晓梦》《庆清朝·禁幄低张》《行香子·草际鸣蛩》等。

【二十四岁】公元 1107 年

正月，蔡京复相。三月，赵挺之罢右仆射后五日卒，年六十八。卒后三日，家属亲戚在京者都受到株连。当年或下年初，赵明诚母郭氏率其女及李清照回到青州老家。

作《南歌子·天上星河转》《多丽·咏白菊》等。

【二十五岁至二十六岁】公元 1108—1109 年

李清照夫妇于青州"归来堂"读书、斗茶。赵明诚撰《金石录》，李清照"笔削其间"，心情舒畅，甘心终老故乡。这一年写下了以"别是一家"著称的《词论》，是李清照继晁补之《评本朝乐章》之后的一篇同史上最早产生重要影响的词论。它最先由胡仔在其《苕溪渔隐丛话》后集卷三十三《晁补之》子下著录时，称"李易安云"。

同年，赵明诚、李清照或为隐居金乡的晁补之贺寿，李清照遂作

《新荷叶·薄露初零》词。

另有《如梦令·常记溪亭日暮》《青玉案·一年春事都来几》《忆秦娥·临高阁》《醉花阴·薄雾浓云愁永昼》。

【二十七岁】公元 1110 年

晁补之病逝。

同年李清照作《浣溪沙·小院闲窗春已深》等数首词作。

【二十八岁】公元 1111 年

赵明诚游历泰山，得《唐登封纪号文》二碑。

【二十九岁】公元 1112 年

赵明诚夫妇仍在青州居住。赵存诚在这一年以秘书少监言事，赵思诚亦起复。

【三十岁】公元 1113 年

楚公钟在鄂州嘉鱼县出土；王寿卿以墨本遗给赵明诚。

【三十二岁】公元 1115 年

赵明诚、李清照夫妇仍屏居青州，并花前月下，相从赏花赋诗，共同收藏文物字画，恩爱有加。《浣溪沙·髻子伤春慵更梳》等词作于当年。

【三十三岁】公元 1116 年

李清照作词《点绛唇·寂寞深闺》《念奴娇·萧条庭院》《木兰花令·沉水香消人悄悄》。

【三十四岁】公元 1117 年

李清照夫妇二人仍居青州。河间刘跂为《金石录》前三十卷作序，题为《〈金石录〉后序》。因为之前赵明诚自己已经作了《〈金石录〉序》。

【三十五岁至三十七岁】公元 1118 —1120 年

这期间，赵明诚亦当起复。在其单独离开青州为官的过程中，或有"天台之遇"，或独携其妾前往。这段时期，李清照独居青州之"秦楼"。在为赵明诚上任送行时作《凤凰台上忆吹箫》，又相继作了《念奴娇》《点绛唇》和《声声慢》等词表达其被疏、无嗣之苦。

【三十八岁】公元 1121 年

赵明诚镇守莱州不久，八月初，李清照赴莱州途中，夜宿昌乐驿馆，赋《蝶恋花·泪湿罗衣脂粉满》。八月十日，李清照在莱州"独坐"在一个破败清冷之室，故而作《感怀》诗并序，道其所遇之"可怜"，实讽明诚对其之冷落；另外同年还有《蝶恋花·暖雨和风初破冻》等作品。

【四十岁到四十二岁】公元 1123 —1125 年

李清照仍随夫居赵明诚莱州住所，于静治堂内，夫妇共同辑集整理《金石录》，且"装卷初就，芸签缥带，束十卷作一帙。每日晚吏散，辄校勘二卷，跋题一卷"。赵明诚守莱州期间，曾与僚属登今山东莱州城南偏东约五公里的文峰山，且徘徊北魏郑羲碑下久之，得其下碑；又前往天柱山之阳访求上碑，所幸在胶水县（今山东平度）界中，遂模仿临帖而得之。

【四十三岁】公元 1126 年

赵明诚镇守淄州，因其提兵帅属，斩获逋卒为多，被朝廷"录功"，且转一官。赵明诚在淄川邢氏之村，得白乐天所书《楞严经》，"因上马疾驱归，与细君共赏"。近人疑此《楞严经》非真迹。十二月，金军破东京，史称"靖康之变"。翌年四月，金人俘走徽宗、钦宗和宗室、后妃等数千人，并辅臣、乐工、工匠等及大量财物北去，汴京被洗劫一空，自此北宋灭亡。

【四十四岁】公元 1127 年

三月，赵明诚独自往金陵奔母丧。守孝期未满便接到圣旨，起复知州江宁府，时金兵南侵，遂载书赴江宁。四月，北宋亡。五月，高宗即位于南京应天府之正厅，改元建炎，史称南宋。四、五月间，李清照由淄州返青州，整理金石文物准备南运。但于十二月，赵明诚家存书册什物十余屋，焚于青州兵变，只剩下部分字画等藏品。

【四十五岁】公元1128年

这年春，李清照携《赵氏神妙帖》等文物赴江宁，途经镇江遇盗掠但幸存下来，为赵明诚和岳珂所称道。是年有"作诗以低士大夫"事，所作诗为《南渡衣冠少王导》《南来尚怯吴江冷》等，以及《分得知字》《乌江》等诗，又作《临江仙》，以讽赵明诚"章台"之游。又作《蝶恋花·永夜厌厌欢意少》《小重山·春到长门春草青》《添字丑奴儿·窗前谁种芭蕉树》《青玉案·征鞍不见邯郸路》《鹧鸪天·寒日萧萧上琐窗》等。

【四十六岁】公元1129年

三月，夫妇备办舟船上芜湖，入姑孰，将择居赣水上。五月，至池阳，赵明诚起复知江宁府，兼江东经制副使。被旨知湖州。安家于池阳，李清照留此，赵明诚独赴召。李清照乘船相送，直送到六月十三日，赵明诚改走陆路的那一天。临行要分手的前一刻，没有了往日的缠绵不舍，赵明诚闷声坐岸上，令李清照心情不爽。当她大声问赵明诚如果遇到紧急情况，这些文物怎么办的时候，丈夫却冷冷地戟手向舟中的李清照告别，并叮嘱她，在紧急时，"自负抱宗庙礼乐之器，与身俱存亡"。说罢，驰马冒大暑，往建康朝见高宗，不幸的是途中感疾。七月末，李清照得到赵明诚卧病的消息，遂解舟，一日夜行三百里，赶赴建康探视。八月，赵明诚病危时，阳翟张飞卿携玉壶（实际上是普通的玉石制品而已）来拜访赵明诚，离开时携壶而去。八月十八日，赵明诚卒于建康。葬毕，李清照孤身一人在逃避战火的流离转徙中，十五车金石书画散失殆尽，惟书稿保存完好。李清照大病，仅存喘息。事势日迫，遣人将行李送往任兵部侍郎、从卫在洪州的赵明诚妹婿处。十一月，金人破洪州，李清照不得不将大量文物遗弃。赵明城去世前：作有《菩萨蛮·归鸿声断残云碧》《蝶恋花·上巳召亲族》《临江仙·庭院深深深几许》《诉衷情·夜来沉醉卸妆迟》《满庭芳·小阁藏春》《浣溪沙·淡荡春光寒食天》；赵明城去世后：《摊破浣溪纱·病起萧萧两鬓华》《浪淘沙·帘外五更风》《孤雁儿·藤床纸帐朝眠起》《清平乐·年年雪里》《祭赵湖州文》，闰八月作《鹧鸪天》《南歌子》和《忆秦娥》等。

【四十七岁】公元 1130 年

赵明诚死后的第二年闻听"玉壶颁金"之传言，李清照惶恐，便携所有古铜器赴越州、台州等地追赶高宗投进，未遂。又得知高宗又移行宫，而奔走于明州、温州。到达温州后，或有经三山（福州）往泉州之想，故作《渔家傲·天接云涛连晓雾》。《诉衷情》《好事近》等词，大约作于此时。

【四十八岁】公元 1131 年

三月，李清照又返回赴越州，择居钟氏宅，无论怎样小心，还是没能避免卧榻之下五簏文物被贼人穴壁盗去。事后，她灵机一动，悬赏寻物，钟氏遂出十八轴求赏。可见钟复皓为梁上君子，但李清照再向他赎回其余藏品的时候，他断然不肯。后来才知道，原来他已经都贱卖给了其他官吏。

【四十九岁】公元 1132 年

绍兴二年，李清照赴临安府，寄住在弟弟家。三月作《露花倒影》联。由于丈夫去世加上颠沛流离的生活，不久后，李清照患重病"牛蚁不分"，是时张汝舟执文书，巧言惑李清照弟弟以骗婚。婚后才看透张汝舟实觊觎她手中残存的文物，甚至对她暴打，欲致死其而独吞财产。至秋，忍无可忍的李清照与张汝舟离异，并"讼其妄增举数入官"，张遂被发送柳州。但依宋刑律，告发夫或妻者应"徒二年"。所幸得赵明诚远亲、建炎时曾与高宗共患难的綦崇礼搭救的缘故，李清照仅服九日的牢狱之灾。出狱后，李清照以《投翰林学士綦崇礼启》谢綦公；秋冬作《摊破浣溪沙》《菩萨蛮·风柔日薄春犹早》等词。

【五十岁】公元 1133 年

六月，尚书礼部侍郎韩肖胄使金，使工部尚书胡松年为副使。临行入辞，韩肖胄言："今大臣各徇己见，致和战未有定论。然和议乃权时宜以济艰难，他日国步安强，军声大振，理当别图。今臣等已行，愿毋先渝约。或半年不复命，必别有谋，宜速进兵，不可顺臣等在彼间而缓之也。"言行慷慨，李清照缘此事而作《上枢密韩公诗》（并序）古、律各一首，古诗中有"欲将血泪寄山河，去洒东山一抔土"之句，可见李清照忧国忧民的情怀。

同年，另有词《好事近·风定落花深》等。

【五十一岁】公元 1134 年

八月，李清照在杭州完成《〈金石录〉后序》。九月，金、齐合兵分道犯杭州等地。十月，

李清照不得不逃往金华避难，择居陈氏宅。十一月，李清照专为打马博戏写了一篇赋《打马赋》，当与《打马图经序》为同时之作。

《钓台》诗约为是年或下年经桐庐江往返于杭州、金华时，亲睹汉严子陵垂钓处所作。

【五十二岁】公元 1135 年

春及初夏，李清照仍居金华，并于此地作词《武陵春·风住尘香花已尽》和《题八咏楼》诗。五月三日，诏令婺州取字故直龙图阁赵明诚家藏《哲宗皇帝实录》缴进。这当是一种带有违禁性质的大事，故李清照不久离开婺州府治金华，回到临安，后人评说当与此事有关。

【五十三岁】公元 1136 年

李清照于上年由金华返临安，作《清平乐》等词。

【五十四岁】公元 1137 年

作词《转调满庭芳·芳草池塘》等。

【五十五岁】公元 1138 年

作《孤雁儿》等词。

【五十六岁】公元 1139 年

《永遇乐·落日熔金》《怨王孙·梦断漏悄》

【五十七岁】公元 1140 年

《摊破浣溪沙·揉破黄金万点轻》等。

【六十岁】公元 1143 年

李清照居临安。是年夏撰写《端午帖子词》。《金石录》于这一年前后表进朝廷。

【六十三岁】公元 1146 年

春，正月曾慥《乐府雅词》成，其下卷收录李清照词二十三首。

【六十四岁】公元 1147 年

李清照仍居临安，尝忆京洛旧事。《声声慢·寻寻觅觅》《永遇乐》《添字丑奴儿》作于是年或稍后。

【六十五岁】公元 1148 年

秋八月，胡仔，字元任，号苕溪渔隐，徽州绩溪（今属安徽）人，编著《苕溪渔隐丛话》前集成，其卷六十《丽人杂记》条苕溪渔隐曰："近时妇人能文词，如李易安，颇多佳句，小词云：'昨夜雨疏风骤……应是绿肥红瘦。''绿肥红瘦'，此语甚新。又九日同云：'帘卷西风，人似黄花瘦。'此语亦妇人所难到也。易安再适张汝舟，未几反目，有启事与綦处厚云：'忍以桑榆之晚节，配兹驵侩之下才。'传者无不笑之。"李清照《词论》等重要文论作品，也赖《苕溪渔隐丛话》

而得以保存。这就大大增加了《丛话》的学术价值。

【六十六岁】公元 1149 年

春三月，南宋王灼晚年所著的词曲评论笔记《碧鸡漫志》撰成，共五卷。书中对李清照的"易安居士词"亦有评论。

【六十七岁】公元 1150 年

这一年或上年，李清照携所藏米芾墨迹，两访其子米友仁，求作跋。

【六十八岁】公元 1151 年

本年前后，晁公武《郡斋读书志》撰成于四川荣州，书中有提到李清照。晁著云"格非之女，先嫁赵诚之（明诚），有才藻名。其舅正夫相徽宗朝，李氏尝献诗曰：'炙手可热心可寒。'然无检操，晚节流落江湖间以卒。"洪适跋赵明诚《金石录》于临安，洪跋云："赵君无嗣，李又更嫁。"

【六十八岁至七十三岁】公元 1151—1155 年

陆游《夫人孙氏墓志铭》云，易安晚年欲以其所学传孙氏女，孙氏女云："才藻非女子事也。"由此可见，李清照的才学没能有亲传弟子，乃文学之上的憾事。

详细卒年不详，据文学权威记载，李清照当卒于 1155 年，享年 73 岁。